趙福泉／著

◆ 詳細解析：形容詞、形容動詞 感情、屬性、評價形容詞等 ◆

適用 中、高級

形容詞 形容動詞

笛藤出版
DeeTen Publishing

前　言

本書是學習日語的參考書，供日語學習者或有一定基礎的讀者使用，也可供日語教師參考。本書以語法為中心並重點地說明一些形容詞、形容動詞等語彙。在講解語法的過程中，系統地說明日語傳統語法（即學校語法）中的形容詞、形容動詞，同時也深入淺出地介紹目前日本語言學界有關形容詞、形容動詞的卓越學規，供讀者學習參考。在講解詞彙方面，對較難的單字進行重點講解，同時進一步對形容詞、形容動詞的同義詞、反義詞做了分析。這時讀者可透過語法更有效地掌握詞彙，反過來也可以透過對詞彙的理解印證語法方面的一些規律，使兩者產生相輔相成的作用。

本書分八章，第一、二章就傳統文法的形容詞、形容動詞做了詳盡的說明；第三、四、五章介紹日本語言學界有關形容詞、形容動詞的一些學說；第六章探討形容詞、形容動詞與其他詞語的關係；第七、八章重點地介紹形容詞、形容動詞的同義詞、反義詞。第一、二章以及第六章是每一個學習日語的讀者都必須掌握的，而第三、四、五章則是提供給有一定基礎的讀者參考使用。本書在說明語法現象或詞彙的同時，都舉出了適當的例句，以便讀者深入理解掌握，有時還舉出台灣人學習日語時常犯的錯誤實例，以提醒讀者不再重複類似的錯誤。本書在例句中使用〇、×、？三種符號：〇表示完全正確；×表示錯誤；？表示雖不是錯誤，但不符合日語的習慣，因此最好是不用。本書在最後附有索引，按あいうえお順序編出了本書列出的形容詞、形容動詞供讀者查詢。

本書所用的語法用語，多使用日語學界最常使用的，如：連體修飾語、連用修飾語等，這樣可避免誤解。但有些用語很難原封不動地被使用（如**品定めの形容詞**），這種情況就不得不譯成中文來進行說明。本書在說明問題過程中採用了一些日語學者提出的學說，在這裡謹向他們表示感謝。

由於編者水準的限制以及資料的缺乏，有的文法也許解釋得還不夠透徹，若有不當之處，請讀者指正。

編　者　趙福泉

基礎日本語　形容詞、形容動詞

第三章　感情形容詞……101

第五章 評價形容詞 165

第八章 形容詞、形容動詞的反義詞……271

總說

日語的形容詞、形容動詞，都是表示事物（包括人或其他動物）的性質、狀態、感情、感覺的詞，只是由於兩者的型態與活用不同，因此一種稱為，形容詞（如：良い、多い、忙しい、美しい等），一種稱為形容動詞（如：嫌だ、静かだ、元気だ、立派だ等，字典上的形容動詞一般省略語尾だ）。形容詞是日本自古以來就存在的詞，數量較多；而形容動詞則是後來才產生的詞，並且多是由漢語、外來語等作為語幹發展起來的，它們的數量與形容詞比較起來要少一些。兩者的變化、活用不同，但語法作用相同。下面就形容詞、形容動詞做一簡單的說明。

1 形容詞（包括形容動詞）的特徵

(一)作述語用

這點與中文相同，用於句末作述語。例如：

○冬（ふゆ）は寒（さむ）い。／冬天很冷。

○問題（もんだい）は簡単（かんたん）だ。／問題很簡單。

(二)作連體修飾語用

直接用於名詞前修飾名詞，這點也和中文相同。例如：

○寒（さむ）い冬（ふゆ）。／寒冷的冬天。

○簡単（かんたん）な問題（もんだい）。／簡單的問題。

(三)有形態變化

日語的形容詞、形容動詞作述語或作連體修飾語；用於肯定句還是用於否定句，它們的形態都是有變化的。這一點和中文不同，中文的形容詞不論用在什麼地方，是肯定還是否定，形態都是相同沒有變化的。

○外は寒い。／外面很冷。

○部屋の中は寒くない。／房間裡不冷。

○それは簡単だ。／那很簡單。

○それは簡単な問題ではない。／那不是個簡單的問題。

前兩個句子中寒い的肯定形用寒い，否定形為寒くない；後兩個句子的簡単だ，作述語時用簡単だ，作連體修飾語時則用簡単な。

諸如此類日語裡的形容詞、形容動詞是有形態變化的。

(四)有時態變化

日語裡的形容詞、形容動詞會根據所表示的時間不同，而有時態變化。例如；

○昨日は寒かった。今日も寒い。／昨天很冷，今天也很冷。

○昔は不便だった。今は便利だ。／以前不方便，現在很方便。

前一句**昨天很冷**用寒かった；**今天很冷**用寒い，時態不同；後一句**從前不方便**用不便だった，**現在方便**則用便利だ，可以明顯看出時態是不同的。

日語形容詞、形容動詞根據表示時間的不同產生變化，這點也和中文不同。

(五)形容詞、形容動詞作述語時，它的主語有時要受人稱的限制。（但並不是所有的場合）

這點和中文完全不同，中文的形容詞作述語時，它的主語不受人稱限制。

○私は嬉しい。／我很高興。

×彼は嬉しい。

↓

○彼は嬉しがっている。／他很高興。

○私は嫌だ。／我不願意。

×君は嫌だね。

↓

○君は嫌がっているね。／你不願意吧！

像上述句子裡的**嬉しい**、**嫌だ**作述語時，它們的主語不能用**你**或**他**。

人稱不同，就要用不同的說法。

(六)句子的構成有時會出現與中文不同的形式。

例如：

○我的頭在痛。／？私の頭が痛い。

↓○私は頭が痛い。

這一句中文直譯成日語是**私の頭が痛い**，但實際上日語是不這麼說的。而要說**私は頭が痛い**，也就是說日語要譯成**總主語**形式。

以上是中日兩國語言在形容詞使用上主要的異同，我們在學習時必須多加注意。

2 形容詞的分類

關於形容詞（包括形容動詞）的分類有兩種分類方法：

(一)從形態上進行分類

(二)從意義上進行分類

下面是這些分類的具體內容。

1 從形態上進行的分類

如前所述，從形態上進行分類，可分為形容詞、形容動詞。語尾是～い、～しい的單字則是形容詞；語尾是～だ（字典上的形容動詞一般省略掉だ）的形容詞則是形容動詞。

1 形容詞　形容詞中有的語尾是～い，有的語尾是～しい，前者稱為**～い活用形容詞**（或

稱〜く活用形容詞）；後者稱為**〜しい活用形容詞**（或稱**〜しく活用形容詞**）。寒い、赤い、遠い、高い等都是**〜い活用形容詞**（或稱**〜く活用形容詞**）；涼しい、嬉しい、美味しい等則是**〜しい活用形容詞**（或稱**〜しく活用形容詞**）。它們的稱呼雖然不同，但活用變化基本相同，因此是比較容易掌握的。

2形容動詞　在口語裡只有だ活用形容動詞。例如：静か（だ）、きれい（だ）、嫌（だ）等都是常用的形容動詞。

2 從意義上進行的分類

從形容詞（包括形容動詞）所表示的意義進行分類，可分為下列三種類型：1感情形容詞；2屬性形容詞；3評價形容詞。

1感情形容詞　是表示人的感情、感覺的形容詞，例如：嬉しい、悲しい、寂しい、嫌（だ）、痛い、痒い等。

2屬性形容詞　是表示事物（也包括人）的屬性、性質、狀態的形容詞，例如：高い、長い、涼しい、美しい、きれい（だ）、静か（だ）等。

3評價形容詞　有的學者將具有褒貶含意的屬性形容詞另外劃分出來，稱為**評價形容詞**，表示對事物（包括人）的評價。例如：喜ばしい、望ましい、長たらしい、嫌らしい、申し分（が）ない等都列為評價形容詞，它們與屬性形容詞相同，也表示事物（包括人）的屬性，但含有褒貶。

下面就上述一些形容詞的特點、用法逐一作些說明。

第一章 形容詞

如在總說中所作的說明，日語的形容詞從型態上進行分類，可分為形容詞、形容動詞，本章重點介紹形容詞。

1 形容詞及其例詞

形容詞是以～い、～しい結尾的，表示事物（包括人）性質、狀態以及感情、感覺的單字，它們還可以分為**～い活用形容詞**、**～しい活用形容詞**，都可以作述語或連體修飾語來用，但由於使用的場合不同，必須進行語尾變化。

1 主要的「～い活用」形容詞

明（あか）るい／光明的、亮的
暖（あたた）かい／暖和的
甘（あま）い／甜的
淡（あわ）い／淡的、淺的

暑（あつ）い／熱的
危（あぶ）ない／危險的
粗（あら）い／粗糙的
痛（いた）い／痛的

薄(うす)い／薄的

偉(えら)い／偉大的

遅(おそ)い／慢的

重(おも)い／沉的、重的

辛(から)い／辣的

可愛(かわい)い／可愛的

暗(くら)い／暗、黑暗的

寒(さむ)い／寒冷

狭(せま)い／狹窄的

小(ちい)さい／小的

冷(つめ)たい／涼、冷

遠(とお)い／遠

長(なが)い／長

低(ひく)い／低的、矮的

旨(うま)い／好吃的、厲害的

大(おお)きい／大的

面白(おもしろ)い／有趣的

賢(かしこ)い／聰明的

軽(かる)い／輕的

汚(きたな)い／骯髒的

怖(こわ)い／可怕的

少(すく)ない／少

高(たか)い／高的

近(ちか)い／近的

辛(つら)い／難受的

ない／沒有

早(はや)い・速(はや)い／早、快

広(ひろ)い／寬廣的

深(ふか)い／深的
古(ふる)い／舊的
まずい／不好吃的、不好的
短(みじ)かい／短的
安(やす)い／便宜的
若(わか)い／年輕的

太(ふと)い／粗的
細(ほそ)い／細的
丸(まる)い／圓的
物凄(ものすご)い／厲害的
柔(やわ)らかい／柔軟的
悪(わる)い／壞

②主要的「～しい活用」形容詞

新(あたら)しい／新的
美(うつく)しい／美麗的、漂亮的
嬉(うれ)しい／高興的
恐(おそろ)しい／可怕的
可愛(かわい)らしい／可愛的
口惜(くちお)しい／沮喪、懊悔

怪(あや)しい／可疑的
羨(うらや)ましい／令人羨慕的
美味(おい)しい／好吃的
悲(かな)しい／悲哀的、悲傷的
厳(きび)しい／嚴格的
苦(くる)しい／痛苦的

詳(くわ)しい／詳細的
親(した)しい／親密的、親近的
忙(せわ)しい／匆匆忙忙的
楽(たの)しい／快樂的
懐(なつ)かしい／令人懷念的
恥(は)ずかしい／可恥的；害臊的
欲(ほ)しい／想要
難(むずか)しい／難的
易(やさ)しい／容易的；溫柔的

寂(さび)しい／寂寞的
涼(すず)しい／涼爽的、涼快的
正(ただ)しい／正確的
乏(とぼ)しい／貧乏的
激(はげ)しい／激烈的
等(ひと)しい／相等的
貧(まず)しい／貧窮的
珍(めずら)しい／稀奇的
喜(よろこ)ばしい／可喜的

2 形容詞的主要功能

正如同在總說中提到的，日語形容詞的主要功能有以下幾點：

1 作句子的述語

用於句末，一般用～い、～しい來結句。例如：

○新幹線(しんかんせん)は早(はや)い。／新幹線很快。

○あの本(ほん)は面白(おもしろ)い。／那本書很有趣。

○朝(あさ)は気持(きも)ちがいい。／早上心情很好。

○あの子(こ)はかわいい。／那個女生很可愛。

○桜(さくら)の花(はな)が美(うつく)しい。／櫻花很美麗。

○天ぷらがおいしい。／炸天婦羅好好吃。

○彼は忙しい。／他很忙。

2 作連體修飾語

如前所述，作連體修飾語時用法與中文相同，放在體言的前面。

○早い新幹線。／車速快的新幹線。

○面白い本。／有趣的書。

○気持ちのいい朝。／心情舒暢的早晨。

○おいしい天ぷら。／好吃的炸天婦羅。

○忙しい人。／大忙人。

○かわいい子供。／可愛的孩子。

值得注意的是：絕大部份的形容詞，都可以像上面這些詞那樣既可以作述語，也可以作連體修飾語，但有極少數的形容詞只能作述語用，而不能作連體修飾語。如多い、少ない就是這樣的詞。（參考本書第四章P.152）。

○どこも人が多いです。／到處人都很多。

×多い人が集まっています。

↓○沢山の人が集まっています。／聚集了很多人。

○出来た人が少ないです。／會的人很少。

×少ない人が出来ました。

↓○僅かな人が出来ました。／少數人才會做。

3 作連用修飾語

在動詞的前面作副詞用。這時一般用~く、~しく，但只有一部分形容詞可以這樣用。

例如：

○早く行かないと間に合いません。／不快點去，就來不及了。

○みんな楽しく一日を過しました。／大家愉快地度過了一天。

○あの本は面白く書いてあります。／那本書寫得很有趣。

○あちらはものすごく暑いです。／那邊熱得很。

○桜の花が美しく咲いています。／櫻花開得很美麗。

但這一用法和中文表達的語序不同：中文的副詞，有時用在動詞前面，這時和日文相同；有時則是在動詞後面加「**得**」作接續，但無論中文用在動詞前面，還是用在動詞後面，在日語中都要放在動詞前作修飾。

○他是新來的人。／彼は新しく来た人だ。

○兩個人親密地在談話。／二人は親しく話している。

上述句子裡的**新しく**、**親しく**都作連用修飾語來用，和中文一樣都用在動詞前面。

○寫得很好。／○とてもうまく書けた。

○解釋得詳詳細細。／○詳しく解釈した。

上述兩個句子中中文的**好**、**詳詳細細**都用在動詞後面，但在日語裡仍用在動詞前面。

3 形容詞的活用及用法

1 形容詞的活用表

變化型態／基本形	第一變化 未然形	第二變化 連用形	第三變化 終止形	第四變化 連體形	第五變化 假定形
い （しい）	から	かっ	○	○	○
	○	く	い	い	けれ

形容詞活用是由**かり活用**與**～い活用**合併起來組成的，第一變化未然形、第二變化連用形用**かり活用**的から、かっ；第二變化連用形、第三變化終止形、第四變化連體形、第五變化假定形分別用**～い活用**的く、い、い、**けれ**。

2 第一變化、第二變化

他們分別為から、かっ，這兩個變化活用主要用來構成形容詞的時態。

★現在式　用形容詞的第三變化終止形，表示現在的狀態。例如：

○今日は寒い。／今天很冷。

○あの映画は面白い。／那個電影很有趣。

○天ぷらがおいしい。／炸天婦羅好好吃。

○この問題は難しい。／這個問題很難。

★未來式　用形容詞第一變化未然形から後接う構成～からう，讀作かろう，表示對某種狀態的推量。但在日常口語裡常用形容詞終止形だろう來代替。

○東京の冬は寒かろう（○寒いだろう）。／東京的冬天很冷吧！

○あの映画は面白かろう（○面白いだろう）。／那部電影有趣吧！

○どうだ、この菓子はおいしかろう（○おいしいだろう）。／如何？這點心好吃吧！

○この問題は難しかろう（○難しいだろう）。／這個問題很難吧！

★**過去式**　用形容詞第二變化連用形かっ後接た構成~かった，用來表示過去的狀態。例如：

○去年の冬は寒かった。／去年的冬天很冷。

○昨日の映画は面白かった。／昨天的電影很有意思。

○昨日食べた天ぷらはおいしかったね。／昨天的炸天婦羅好好吃啊！

○昨日の試験問題は難しかったね。／昨天的考題真難啊！

前面句子中所用的**かろ、かっ**都屬於形容詞的**かり活用**。

如果表示對過去狀態的推量時，一般用~かっただろう。例如：

○去年の冬は寒かっただろう。／去年的冬天很冷吧！

○昨日のハイキングは楽しかっただろう。／昨天的郊遊很愉快吧！

○昨日食べた天ぷらはおいしかっただろう。／昨天的炸天婦羅很好吃吧！

在用敬體講話時，現在式、未來式一般用~です、~でしょう來結尾。

○冬は寒いです。／冬天很冷。

○天ぷらがおいしいです。／炸天婦羅很好吃。

○新幹線は速いでしょう。／新幹線很快吧！

○あの映画は面白いでしょう。／那部電影很有意思吧！

根據這種情況，表達過去式時，有的人會用形容詞終止形でした來表達。但這種說法是不合乎日語習慣的。

？去年の冬は寒いでした。

？昨日の映画は面白いでした。

？昨日食べた天ぷらがおいしいでした。

？昨日の試験問題は難しいでした。

這種說法不太恰當，而要用～かったです來講。例如：

○去年の冬は寒かったです。／去年的冬天很冷。

○昨日の映画は面白かったです。／昨天的電影很有意思。

○昨日食べた天ぷらがおいしかったです。／昨天的炸天婦羅好好吃。

○昨日の試験問題は難しかったです。／昨天的考題很難。

如果用敬體表示對過去的推量，則要用～かったでしょう。例如：

○去年の冬は寒かったでしょう。／去年的冬天很冷吧！

○昨日の映画は面白かったでしょう。／昨天的電影有意思吧！

我們台灣人學習日語時，由於受中文沒有不同時態的影響，因此用形容詞描述過去的情況時，往往仍用現在式來講，但套用到日語中就錯了。例如：

○去年夏天很熱。

×去年の夏は暑い。

↓○去年の夏は暑かった。

○以前的生活很苦。

×昔の生活は苦しい。

↓○昔の生活は苦しかった。

○昨天很愉快。

×昨日は楽しい。

↓○昨日は楽しかった。

③其他的幾個變化、活用

1 第二變化連用形除了用「かっ」後接「た」構成「～かった」表示過去以外，還可以用連用形「～く」。它的用法較多，主要有以下幾種用法：

★否定法　在～く後面接形容詞ない表示否定。這點和動詞表示否定的接續方式不同，動詞的否定法是在動詞的未然形下面接助動詞ない。例如：

○今日は寒くない。／今天不冷。

○あの映画は面白くない。／那部電影很無聊。

○あの料理はおいしくない。／那道菜不好吃。

○ちっとも難しくない。／一點也不難。

但在敬體的句子裡則要後接～ありません，構成～くありません來用，或者用～くないです表示否定。

○今日は寒くありません。／今天不冷。

○ちっとも難しくありません。／一點也不難。

在日語中，表示否定的助動詞除了ない以外，還有否定助動詞**ぬ**。但**ぬ**和形容詞ない的接續關係不同，**ぬ**和它的變化**ず**則要接在**かり活用**的第一變化**から**下面，構成～からぬ、～からず表示否定。但它們是殘留在口語裡的文言表現形式，使用時機較少。例如：

○その措置は少なからず成果をあげている。／那一作法收到了不少效果。

★中止法 用～く表示中間停頓或並列。例如：

○品が悪く、値段も高い。／東西不好，價錢也貴。

○春は暖かく、夏は暑い。／春天暖和，夏天熱。

○私は金がなく、時間もないから、旅行にはいけません。

我沒有錢也沒有時間，無法去旅行。

○今日は風もなく、のどかな日です。／今天連陣風也沒有，是個大晴天。

★連用法 後接助詞或用言

(イ)後接接續助詞「～て」表示並列或原因。例如：

○山が高くて険しい。／山又高又險。

○流れが速くて深い。／水又深又急。

○寒くて手も出せません。／冷得手都不敢伸出來。

○お金がなくて買えません。／沒有錢買不起。

（ロ）後接動詞、形容詞作為補語來用。例如：

○十二月に入れば、もっと寒くなります。／進入十二月就要變得更冷了。

○顕微鏡で見ると、小さい黴菌でも大きく見えます。

用顯微鏡即使是很小的細菌，看起來也很大。

○就職できて嬉しく思いました。／找到了工作我很高興。

★**名詞法**　有少數形容詞可以用～く這一型態作名詞用。例如：

近く／附近　　遠く／遠處

多く／多　　古く／從前

早く／早　　遅く／晚

○僕の家の近くに小さい公園があります。／我家附近有座小小的公園。

○今度は遠くへ行きます。／這次我要到遠一點的地方。

○多くの同級生は上の学校に入りました。／很多同班同學進入了好學校。

○それは古くから伝わってきた習慣です。／那是自古流傳下來的習慣。

○父は朝早くから起きて仕事を始めます。／父親早上很早就起床開始工作。

○兄は夜遅くまで勉強します。／哥哥晚上讀書讀到很晚。

上述句子中的近く、遠く、多く、古く、はやく、遅く都是自形容詞轉化而來的。

★副詞法　有些形容詞可以用連用形~く做副詞用，來修飾下面的用言。這一用法已在本章第二節裡稍作了說明。例如：

○恐ろしく速いです。／真是快得驚人啊！

○字を大きく書いてください。／字寫大一點！

○みんなは楽しく遊んでいます。／大家愉快地玩著。

○もっと詳しく話してください。／請您再講詳細一點。

上述句子中的恐ろしく、大きく、楽しく、詳しく分別是形容詞恐ろしい、大きい、楽しい、詳しい的副詞用法。

2 第三變化終止型

在前一節已經提到了它的主要用法是：

1結束句子　用來結束現在式的句子。

○山が高い。／山很高。

○冬は寒い。／冬天很冷。

○この頃相当忙しい。／最近相當忙。

○桜が美しい。／櫻花很美麗。

2後續接續助詞「から」、「と」、「し」、「が」、「けれども」等。例如：

○値段が高いから買わなかった。／因為價錢貴，所以沒有買。

○まだ早いから、歩いて行きましょう。／因為還早，我們用走的吧！

○天気がいいと散歩に出掛けます。／天氣如果好，就出去散步吧！

○あまり遠いとはっきり聞こえません。／太遠的話，就聽不清楚。

○品もいいし、値段も安いです。／東西好，價格也便宜。

○値段がすこし高いが、ものがいいです。／價錢貴了點，但東西很不錯。

○背が低いけれども、力が大きい。／雖然個子矮，但力氣很大。

另外還可以後接助動詞，如傳聞助動詞そうだ等，就不再一一舉例說明。

3 第四變化連體形

1 做連體修飾語修飾下面的體言，這一用法已在本章第二節裡提到。

○暖かい春がやってきました。／暖和的春天來了。

○東京には高い建物が沢山あります。／在東京有許多高樓。

○今は忙しい時です。／現在是繁忙的時刻。

值得注意的是：形容詞作連體修飾語時，由於中文裡常帶有**的**這個字，因此有的人講日語也常用の，這是錯誤的。例如：

○可愛的孩子。

×かわいいの子供

↓

○かわいい子供

○有趣的電影。

×面白いの映画

↓

○面白い映画

○好吃的菜。

×おいしいの料理

↓○おいしい料理

總之，形容詞作連體修飾語時，不能用の。

2後續接續助詞「ので」、「のに」等。

○値段が高いので買いませんでした。／因為價錢貴，所以沒有買。

○忙しいので、新聞を読む暇もありません。／太過忙碌所以連看報紙的時間都沒有。

○遠いので、歩いて行けません。／太遠了所以走路到不了。

○年が若いのに、もう白髪ができました。／年紀還輕，可是卻長了白頭髮。

○高いのに品質が悪いです。／價錢貴，可是品質卻不好。

○まだ早いのに、もう出掛けるのですか。／時間還早，現在就要出發了嗎？

另外還可以後接助動詞ようだ等，就不再一一舉例說明。

在這裡順便提一下，當兩個形容詞Ａ、Ｂ作述語時，一般用形容詞Ａくて形容詞Ｂい，而不能用形容詞Ａい、形容詞Ｂい。例如：

○山が高くて険しいです。／山又高又險。

○部屋は小さくて暗いです。／屋子又黑又小。

×山が高い、険しいです。

×部屋は小さい、暗いです。

但兩個形容詞A、B作連體修飾語時，除了用**形容詞Aくて形容詞Bい名詞**以外，還可以用**形容詞Aい、形容詞Bい名詞**，並且這麼用的時候較多。例如：

○本州の中央には高い、険しい山が沢山あります。

在本州的中央有許多又高又險的山。

○本州の中央には高くて険しい山が沢山あります。

在本州的中央有許多又高又險的山。

○同じ島国でもイギリスは低い、なだらかな山が多いです。

同是島國，英國是又矮又平坦的山居多。

○同じ島国でも、イギリスは低くてなだらかな山が多いです。

同是島國，英國是又矮又平坦的山居多。

○それは小さい、暗い部屋です。／那是個又小又黑的房間。

○それは小さくて暗い部屋です。／那是個又小又黑的房間。

4 第五變化假定形　用ば表示假定。

○暑ければ窓をあけなさい。／很熱的話，就把窗子打開。

○寒ければもっと着なさい。／很冷的話，就多穿點衣服。

○道が遠ければ車で行きます。／路很遠的話，就坐車去。

○忙しければ出席しなくてもいいです。／如果忙的話，不出席也可以。

○欲しければ買ってあげます。／你若想要的話，我就買給你。

○天気がよければハイキングに行きます。／天氣好的話，就出去郊遊。

4 形容詞的音便

形容詞後接ございます、存じます等時，形容詞連用形く變為う，這就是形容詞的音便。例如：暑くございます→暑うございます。

ありがたく存じます→ありがとう存じます。

○大変寒うございますね。／很冷啊！

○どうもありがとうございます。／太謝謝了！

○私も嬉しう存じます。／我也很高興啊！

但在下列情況下，發生音便。

1形容詞「～く」與「ございます」之間介入助詞「は」、「も」、「など」等時，則不發

生音便，仍用「～く」。

○かなり暑くはございますが…／雖說有點熱但…

○私は怖くなどございません。／我不怕。

2 形容詞後接「ございません」等，仍用「～く」不發生音便。

○ちっとも面白くございません。／一點意思也沒有。

○少しも嬉しくございません。／一點也不高興。

5 特殊形容詞「ない」

形容詞ない和助動詞ない型態相同，都表示否定，但兩者詞性、用法不同。

1 形容詞「ない」的接續關係

1 單獨使用　這時作為ある的反義詞來用，與敬體的ありません意思相同，表示沒有。例如：

○午後（ごご）には授業（じゅぎょう）はない。／下午沒有課。

○忙（いそが）しくて休（やす）む時間（じかん）もない。／忙得沒有休息的時間。

○そんな贅沢（ぜいたく）なものを買（か）う金（かね）もない。／沒有錢買那種奢侈的東西。

這一用法有時也用なし，表示相同的意思。なし是用在口語裡的文言形容詞。例如：

○異常(いじょう)なし。／一切正常。

○缺席者(けっせきしゃ)なし。／沒有人缺席。

2 接在形容詞形助動詞第二變化連用形下面，表示否定。

○少(すこ)しも寒(さむ)くない。／一點也不冷。

○痛(いた)くもないし、痒(かゆ)くもない。／不痛不癢。

○そんな遠(とお)いところへ行きたくない。／我不願意到那麼遠的地方去。

○そんなつまらない映画(えいが)は見(み)たくない。／我不想看那麼無聊的電影。

3 接在形容動詞形助動詞的第二變化連用形下面，表示否定。例如：

○交通(こうつう)も不便(ふべん)ではない。／交通也沒有不方便。

○そんなに簡単(かんたん)ではない。／不是那麼簡單。

○彼(かれ)はそんなことをする人(ひと)ではない。／他不是會做那種事的人。

2 「ない」的變化活用

它的變化活用與一般形容詞的變化活用相同。

變化型態／基本形	第一變化	第二變化	第三變化	第四變化	第五變化
	未然形	連用形	終止形	連體形	假定形
ない	から	かっ	○	○	○
	○	く	い	い	けれ

(一) 第一、第二變化「から」、「かっ」

這兩個變化活用主要用來表示時態。

★**現在式**　用第三變化終止形。

○今日は授業はない。／今天沒有課。

○今日はそんなに暑くない。／今天不那麼熱。

○日本語も上手ではない／日語也不好。

○あの人は日本語の先生ではない。／他不是日語老師。

★**未來式**　在未然形から下面接助動詞う，構成なからう，讀作なかろう，表示對現在、未來事物的否定推量。在口語裡也會用~ないだろう。例如：

○この頃とても忙しいから、暇はなかろう。（○ないだろう）

最近很忙，沒有空閒時間吧！

○東京は今でも寒くなかろう。（○～ないだろう）／東京現在也不冷吧！

○彼は日本へ来たばかりだから、日本語はそんなに上手ではなかろう。

他剛來日本，日語還沒有那麼好吧。

○あの人は日本語の先生ではなかろう。／他不是日語老師吧。

★過去式　在連用形**かっ**下面接**た**構成なかった，表示過去的否定。例如：

○昨日運動会があったから、授業はなかった。／昨天運動會所以沒有課。

○昨日はそんなに寒くなかった。／昨天不那麼冷。

○日本へ来た当時、彼は日本語がそんなに上手ではなかった。

來日本的時候，他的日語還沒那麼好。

○あの人は元は日本語の先生ではなかった。／他以前不是日語老師。

(二) 其他的變化活用

1 第二變化連用形　只有中止法、連用法、副詞法，這時用なく或なくて，而沒有否定法和名詞法。例如：

○何でもいいから、容赦なく言ってください。

無論什麼事都可以，請你不要客氣地直說吧！

○お金もなくて暇もないから旅行にはいけません。

既沒有錢，也沒有時間，所以無法去旅行。

○お金がなくて買えません。（「なくて」表示原因）／沒有錢買不起。

2第三變化終止形、第四變化連體形用「～い」。

○その山は高くない。／那座山不高。

○それは高くない山だ。／那是座不高的山。

○遠くないから、歩いて行った。／因為不遠，所以走路去。

○値段も高くないので、ついに買ってきた。／價錢也不貴，所以就把它買下來了。

3第五變化假定形用「～は」，表示假定。

○暇がなければ参加しなくてもいいです。／如果沒有時間，不參加也可以。

○遠くなければ歩いて行きましょう。／如果不遠的話，就走路去吧。

6 補助形容詞

補助形容詞有兩種：一是接在て的下面；二是直接接在動詞的連用形或名詞等下面，作一個形容詞的補助作用。

1「～て」下面的補助形容詞

這時只有一個形容詞ほしい。

1 ～ほしい　接下動詞連用形下面，表示希望。可譯作中文的請。

○連れて行ってほしい。／請帶我去吧！

○もっと注意してほしい。／請再注意點！

○もう少し早く来てほしい。／請再早點來！

○もう少し勉強してほしいと思います。／我希望你再用功一點。

2～ないでほしい　接在動詞未然形下面，表示否定的希望。可譯作中文**請不要**……。

○帰らないでほしい。／請你不要回去！

○廊下で騒いだりしないでほしい。／請不要在走廊上吵鬧！

○芝生の中に入らないでほしい。／請不要進入草皮！

○遠い所へ行かないでほしい。／請不要到那麼遠的地方去。

在前一節已作了說明，ない可以接在形容詞、形容動詞連用形下面，也可以接在**名詞で**下面，有的學者認為這時ない也是補助形容詞。例如：

○彼は貧乏ではない。／他不窮。

○彼は金持ちではない。／他不是有錢的人。

② 動詞連用形下面的補助形容詞

這種補助形容詞直接接在動詞連用形下面，增添某些意義。常用的有：～にくい、～づらい、～がたい、～やすい、～よい（～いい）等。

下面看一看它們的用法：

(一)～にくい

1 接在表示自然現象的動詞或人們無意識進行的動作動詞下面，表示由於客觀事物或對象存在的原因，「很難…」、「難以…」它含有貶義。例如：

○薪が湿っているから燃えにくい。／柴濕不容易點燃。

○日本語の文語は私たちにとって分かりにくいものである。

日語的文語對我們來說是很難懂的。

2 接在人們有意識進行的動作下面，表示由於對象方面存在的原因，主觀上認為「很難…」也含有貶義。

○変な味がして飲みにくい薬だ。／這藥有股奇怪的味道，很難吃。

○坂道は昨日の雨で歩きにくかった。／因為昨天下了雨，上坡路很難走。

(二)～づらい

由於つらい這一動詞表示人的感覺痛苦，因此～づらい只接在人們有意識進行的動作動詞下面，而不能接在表示自然現象或無意識進行的動作動詞下面，表示人們進行某種活動、動作時，由於動作主體或動作對象存在的原因，人們感到很難…、難以…。例如：

1 由於動作主體而存在的原因，才感到困難。

○足にマメができて歩きづらかった。／腳上長了水泡，很難走路。

○喉が痛くて水さえ飲みづらい。／喉嚨痛，連吞水都很難。

2 由於動作對象而存在的原因，因此主觀上感到困難。這時與「～にくい」意思相同。

○この本は字が小さくて読みづらくて（○読みにくくて）困ります。

這本書的字很小很難讀，真傷腦筋。

○雑音が入って聞きづらかった。（○聞きにくかった）。／有雜音很難聽清楚。

○この万年筆は古くなったので、とても書きづらい。（○書きにくい）。

這支鋼筆舊了，很不好寫。

(三) ～がたい

接在表示人們動作行為的動詞下面（很少接在表示自然現象、客觀事物動作的動詞下面），表示人們進行某種活動時，由於某種原因，而感到難以（作到）。它是文語的表現形式，多作為書面用語來用。例如：

○彼の発言がみんなに忘れがたい印象を与えた。

他的發言給了大家難以忘卻的印象。

○実に立派な人で今の世の中では得がたい人間だ。

真是個了不起的人，在現在的社會中是很難得的。

○あんなに元気だった田中さんが死んだなどとは信じがたいことだ。

那麼健康的田中先生竟然走了了，真是讓人難以相信。

○あまりにも専門の文章なので、私には理解しがたい。

因為是過於專業的文章，我無法理解。

(四) ～やすい

接在一切動詞連用形下面，表示**易於…**、**容易…**，它是從客觀上來講某種東西**容易…**、**易於…**，而不是從主觀上來講的。另外它是中性詞，既可表示好的一面，也可表示負面。例如：

○ガラスは壊れやすい。／玻璃容易壞。

○この辞書は引きやすい／這個字典很方便查。

○分かりやすい本だから、中学生でも読める。

這是一本易懂的書，中學生也可以看。

○人々は成功すると、油断しやすい。／人們一旦取得了成功，就容易疏忽大意。

○私は風邪を引きやすい質だ。／我的體質容易感冒。

(五) ～よい（～いい）

兩者的意思、用法相同，只接在意志動詞下面，表示好用，它是從主觀上來講某種東西好用，用起來順手、舒適。它是褒義詞，多用來表示好的一面。相當於中文的好……、容易……。例如：

○書きいい筆／好用的筆

○弾きいいピアノ／好彈的鋼琴

○この機械は使いいい。／這個機器好用。

○履きよい靴だから、毎日これを履いている。

這是一雙穿起來很舒適的鞋子，所以我每天穿。

○甘(あま)くて飲(の)みのいい薬(くすり)だから、子供(こども)でも飲(の)める。

這是帶甜味又好吃的藥，小孩子也能夠吃。

另外還有一個補助形容詞~くさい，它與上述幾個補助形容詞稍有不同。

(六) ~くさい

1接在名詞下面，構成帶有貶義的複合形容詞，表示帶有某種(不好的)氣味。例如：

○田舎(いなか)くさい／土裡土氣的

○土(つち)くさい／土裡土氣的

○バターくさい／洋腔洋調的

○汗(あせ)くさいシャツを着替(きが)えなさい。／把沾滿汗味的襯衫換掉！

○そんな酒(さけ)くさい息(いき)をしてまたどこかで飲(の)んで来(き)たのでしょう。

滿嘴都是酒味，又跑哪去喝酒了。

2接在名詞或形容詞、形容動詞語幹下面，表示帶有某種樣子的，含有貶義。

○古(ふる)くさい／破舊的

○馬鹿(ばか)くさい／愚蠢的

○金持ちなのにけちくさいです。／明明是一個有錢的人卻小氣巴拉的。

○彼は有名な学者ですが、ちっとも学者くさいところがありません。

他是一個有名的學者，卻沒有半點學者自大的感覺。

○それは陰気くさい部屋でもう住みたくありません。

那是間陰森森的房間，我再也不想住了。

○あいつはうろうろして本当にうさんくさい。／他鬼鬼祟祟的，真是形跡可疑。

7 形容詞性接尾語

所有形容詞性接尾語是指接在其他單字下面，以~い結尾，按形容詞變化的接尾語，常用的有~らしい、~っぽい等。

(一) ~らしい

接在名詞下面，如用Bらしい則表示具有B這種性質或具有B這種樣式、氣派的人或物。相當於中文的**像…樣的**、**像樣的**。例如：

○僕が男らしい男になりたい。／我想成為一個有男子氣概的男人。

○今日は本当に春らしい、暖かな日だ。／今天是個像春天一樣暖和的一天。

○この頃日本の女性はあまり女らしくないと言われている。

據說最近的日本女生不太溫柔了。

○小さい家で、庭らしい庭もありません。／那是棟小房子，連個像樣的院子也沒有。

○子供は決して子供らしくない振る舞いはしなさるな。

小孩子的舉止千萬不要沒個小孩樣。

(二)～っぽい

接在下面一些單字下面，表示具有某種傾向或某種因素，但含有貶義，可根據構成的複合形容詞適當地譯成中文。

1 接在名詞下面

○油っぽい／油膩膩的

○子供っぽい／孩子氣的

2 接在動詞連用形下面

○怒りっぽい／易怒的

○忘れっぽい／健忘的

3 接在形容詞、形容動詞的語幹下面

○安（やす）っぽい／便宜的

○黒（くろ）っぽい／黑糊糊的

看一看它們構成的句子。

○彼（かれ）は怒（おこ）りっぽい人で、ややもすると、怒（おこ）ってしまう。

他是個易怒的人，動不動就生氣。

○彼（かれ）はよくこんな安（やす）っぽいものを買（か）うものだ。／他老愛買這種便宜貨。

○彼（かれ）はずいぶん白（しろ）っぽい顔（かお）をしているね。どこか具合（ぐあい）でも悪（わる）いのかな。

他臉色蒼白，是身體哪裡在不舒服吧！

第二章 形容動詞

日語的形容詞從形態上進行分類，可分為形容詞和形容動詞。本章重點介紹形容動詞。

1 形容動詞及其例詞

以だ作語尾、以な作連體修飾語的形容詞就是形容動詞。它也和形容詞一樣，表示事物（包括人）的性質、狀態以及感情、感覺的單字。

下面所舉出的一些形容動詞是根據字典的寫法，省略掉了だ。例如：便利だ→便利

当たり前／當然　　嫌／討厭、不願意

穏やか／平穩　　可哀想／可憐

簡単／簡單　　気の毒／可憐、悲慘

窮屈／窄小、感覺拘束　　綺麗／漂亮、乾淨

元気／精神　　幸せ／幸福

嫌(きら)い／討厭、不喜歡
上手(じょうず)／(技術)好、擅長
好(す)き／喜歡
粗末(そまつ)／粗糙、粗陋
大事(だいじ)／重要的、寶貴的
確(たし)か／確實的
適当(てきとう)／適當的；隨便的
暢気(のんき)／悠閒、漫不經心
晴(は)れやか／晴朗、明朗
複雑(ふくざつ)／複雜的
平坦(へいたん)／平坦的
不便(ふべん)／不便
無理(むり)／勉強的
厄介(やっかい)／麻煩

正直(しょうじき)／正直
丈夫(じょうぶ)／結實、健康
素敵(すてき)／漂亮、優秀
大切(たいせつ)／重要、寶貴
平(たい)ら／平的、平坦的
達者(たっしゃ)／健康的
賑(にぎ)やか／熱鬧的
馬鹿(ばか)／愚蠢的、傻
貧乏(びんぼう)／窮
平和(へいわ)／和平的
下手(へた)／拙劣、笨拙、不好
便利(べんり)／便利
見事(みごと)／美麗、精彩的
勇敢(ゆうかん)／勇敢

有名（ゆうめい）／有名的

豊か（ゆたか）／豐富、富裕

容易（ようい）／容易

立派（りっぱ）／出色、優秀

愉快（ゆかい）／愉快

緩やか（ゆるやか）／緩慢

余計（よけい）／多餘的

2 形容動詞的主要功能

它和形容詞相同，也可以作述語和連體修飾語來使用。

1 作句子的述語

這時候一般用～だ。

○本当に立派だ。／真漂亮。

○彼はとても勇敢だ。／他很勇敢。

○なかなか愉快だ。／真愉快

○この頃の取り引きは大変活発だ。／最近的生意很繁忙。

2 作連體修飾語，這時候一般用「な」，而不用「だ」。

○本当に立派な建物だ。／真是棟漂亮的建築物啊！

○実に勇敢な人だ。／真是個勇敢的人啊！

○愉快な一日だ。／真是愉快的一天。

○あの人は有名な学者だ。／他是一位有名的學者。

3 作連體修飾語

這時用～に，在動詞前面有副詞的作用。例如：

○バラの花がきれいに咲いている。／薔薇花開得很美麗。

○彼は勇敢に戦った。／他勇敢地戰鬥著。

○本当に立派にできている。／真是做得很漂亮。

○みんなは愉快に一日を送った。／大家度過了愉快的一天。

○確かに美しいところだ。／的確是個美麗的地方。

○見事に相手を倒した。／很精彩地打敗了對方。

3 形容動詞的活用及用法

1 形容動詞活用表

變化型態	基本形	~だ	
第一變化	未然形	だろ	○
第二變化	連用形	だっ、で	に
第三變化	終止形	だ	○
第四變化	連體形	○	な
第五變化	假定形	○	なら

它的活用形是由文語的**だり活用**與**なり活用**合併起來構成的，因此寫成兩行。第一、二

變化、第三變化分別是**だり活用**的だろ、だっ、で及だ；第二、四、五變化分別是**なり活用**的に、な、なら。這一活用的終止形用於常體的句子裡。

2 だり活用的三個形態

他們主要用來表示形容動詞的時態。

★現在式　用第三變化終止形，表示現在的狀態。

○なかなか愉快だ。／真愉快。

○交通は便利だ。／交通方便。

○私は天ぷらが好きだ。／我喜歡吃炸天婦羅。

○酒は嫌だ。／我不喜歡喝酒。

★未來式　用第一變化未然形だら後接**う**構成～だらう，讀作～だろう，表示對現在某種狀態的推量。例如：

○明日の海は愉快だろう。／明天去海邊玩會很愉快吧！

○交通は不便だろう。／交通不方便吧！

○君は天ぷらが好きだろう。／你喜歡吃炸天婦羅吧！

○大変とても無理だろう。／那很勉強吧！

★過去式 用連用形～だっ後接**た**構成～だった來表示過去的狀態。

○今度のハイキングはなかなか愉快だった。／這次的郊遊很愉快。

○昔ここの交通は不便だった。／從前這裡的交通很不方便。

○中学校にいたとき、僕は水泳が好きだった。／國中的時候，我很喜歡游泳。

○日本へ来る前、彼の日本語は下手だったよ。／他來日本之前，日語並不好。

在表示對過去狀態的推量時，一般用～だっただろう。

○昨日のハイキングは愉快だっただろう。／昨天的郊遊很愉快吧！

○昔、ここの交通は不便だっただろう。／以前，這裡的交通很不方便吧！

○中学校にいた時、君はスポーツが好きだっただろう。

你國中的時候，很喜歡運動的吧！

○日本へ来るまえ、彼の日本語は下手だっただろう。

來日本之前，他的日語不太好吧！

在用敬體講話時，現在式用～です、未來式用～でしょう、過去式用～でした。

★現在式 用～です。

○交通は便利です。／交通方便。

○私は天ぷらが好きです。／我喜歡吃炸天婦羅。

★未來式 用～でしょう表示對事物狀態的推量。例如：

○交通は不便でしょう。／交通不方便吧！

○君は天ぷらが好きでしょう。／你喜歡吃炸天婦羅吧！

★過去式 用～でした表示過去的狀態。

○昔、ここの交通は不便でした。／以前這裡的交通很不方便。

○中学校にいたとき、僕は水泳が好きでした。／國中的時候，我很喜歡游泳。

在表示對過去狀態的推量時，一般用～だでしょう。

○昨日のハイキングは愉快だったでしょう。／昨天的郊遊很愉快吧！

○昔、ここの交通は不便だったでしょう。／以前這裡的交通很不方便吧！

○中学校にいたとき、君はスポーツが好きだったでしょう。

你國中的時候很喜歡運動的吧！

○日本へ来る前、彼の日本語は下手だったでしょう。

來日本之前，他的日語不太好吧！

3 其他的幾個變化活用

1 第二變化連用形除了用「だっ」後接「た」構成「～だった」表示過去的狀態以外，連用形還有「で」與「に」，它們的用法比較多。

1 連用形　「で」它有否定法、中止法等。

★否定法　用で後接形容詞ない構成～でない或～ではない、～できない表示否定。

○それは容易ではない。／那不容易。

○問題は簡単ではない。／問題不簡單。

○交通は不便ではない。／交通不會不方便。

○刺身はそれほど嫌でもない。／也並不那麼討厭生魚片。

○彼は日本語が下手ではないが、上手でもない。

他的日語不是不好，但也不是很好。

但在敬體的句子裡，要用～ありません構成～でありません或～ではありません、～でもありません。

○それは容易(ようい)でありません。／那不容易。

○問題(もんだい)は簡単(かんたん)ではありません。／問題不簡單。

○刺身(さしみ)はそれほど嫌(いや)でもありません。／並沒有那麼討厭生魚片。

★中止法　用～で表示中止、停頓、並列，也表示原因。

○町(まち)はきれいで、交通(こうつう)は便利(べんり)だ。／街道整潔，交通方便。

○物産(ぶっさん)が豊(ゆた)かで、人口(じんこう)が多(おお)い。／物産豐富，人口眾多。

○風(かぜ)が静(しず)かで、波(なみ)が穏(おだ)やかだ。／風平浪靜。

○説明(せつめい)が簡単(かんたん)で分(わ)かりやすい。／説明簡單易懂。

以上四個句子中的で，表示並列、中止。

○天(てん)ぷらが好(す)きで、よく天(てん)ぷらを食(た)べます。／(他)喜歡炸天婦囉，所以常吃。

○泳(およ)ぎが上手(じょうず)で、彼(かれ)はよく泳(およ)ぎに行(い)きます。／他很會游泳，因此常去游。

○問題(もんだい)は複雑(ふくざつ)でなかなか解決(かいけつ)できません。／問題複雜，很不容易解決。

以上三個句子中的で表示中止，也含有原因的意思。

2 連用形「に」

它有連用形、副詞法等。

★連用法　這時用に後接動詞等作補語來用。

○この頃(ごろ)、彼(かれ)の日本語(にほんご)は上手(じょうず)になりました。／最近他的日語變厲害了。

○こうして散歩(さんぽ)すると、気分(きぶん)が爽(さわ)やかになりました。／散散步，心情就愉快了起來。

○学校の物(もの)を大切(たいせつ)にしなければなりません。／學校的東西必須好好愛護。

○非常(ひじょう)に残念(ざんねん)に思(おも)います。／我感到非常遺憾。

★副詞法　這時用～に作副詞用，修飾下面的用言。

○窓(まど)ガラスをきれいに拭(ふ)きなさい。／請把玻璃窗擦乾淨！

○桜(さくら)が見事(みごと)に咲(さ)いています。／櫻花開得很美麗。

○材料(ざいりょう)がいいから、費用(ひよう)も余計(よけい)にかかります。／因為材料很好，所以費用要比較貴。

○物体を下部から熱すると、容易に暖まります。

物體從下面加熱，比較容易熱起來。

上面的句子中的**きれいに、見事に、余計に、容易に**分別是形容動詞**きれい、見事、余計、容易**的副詞用法。

它沒有所謂名詞法，但它的語幹可以直接作名詞，也可修飾名詞。例如：

○わずかなお金でそれを買った。／我用很低的價錢買下了它。

○大川先生は親切なお方です。／大川老師是一個親切的人。

○彼は頑固のきらいがあります。／他多少有點頑固的傾向。

2 第三變化終止形 用「～だ」

1結束句子 在前面已經提到它主要用來結束現在式的句子。例如：

○あの子は可哀想だ。／那個孩子很可憐。

○李さんは日本語が上手だ。／李小姐的日語講得很好。

○おじいさんはなかなか達者だ。／爺爺身體很健康。

○あの人はなかなか有名だ。／他很有名氣。

形容動詞的語幹獨立性很強，有時將語尾だ省略掉，單獨做述語來用。例如：

○だめ（だ）と言ったらだめ。／我說不行就是不行。

○まあ、この夕焼けはきれいな。／哎呀！這晚霞好美呀！

○今度の雪で、野や山が真っ白よ。／這次下的大雪，讓山坡都鋪上了一層雪白。

2後接接續助詞「から」、「と」、「し」、「が」、「けれども」等。

○問題は複雑だから、そう簡単には解決できません。

問題很複雜，不是那麼簡單就可以解決的。

○交通が便利だから、一人で行けます。／交通方便，自己去就可以了。

○日本語が下手だと、通訳はできません。／日語不好的話，就不能從事口譯的工作。

○体が丈夫だけれども、そんな遠いところへは歩いて行けません。

雖然身體很健康，但也走不了那麼遠。

○台北は道がきれいだし、交通も便利です。／台北街道整潔，交通也方便。

3 第四變化連體形

用な修飾下面的名詞。這一用法在前面已經提到過。

○これは簡単な問題ではありません。／這不是簡單的問題。

○それを解決するのは容易なことではありません。／解決這個問題不是容易的事。

○本当に愉快な一日でした。／真是愉快的一天。

有時也用なる來修飾名詞，なる是口語裡的文語形容詞なり活用的連體形，多用在書面用語裡。

○有力なる会社がその土地を買い入れた。／一家大公司買下了那塊土地。

○適当なる処置を取らねばならない。／必須採取適當的措施。

○諸君の絶えざる努力のおかげでついにこんな偉大なる成功を収めました。

由於諸位的不斷努力，才獲得了這偉大成功。

○われわれは貴賓一同に対して崇高なる敬意を表します。

我們對貴賓們表示崇高的敬意。

這時也應該注意：不要將な說成の。台灣的日語學習者常犯這種錯誤。

○乾淨的房間。

×きれいの部屋(へや)

↓

○きれいな部屋(へや)

○安靜的地方。

×静(しず)かのところ

↓

○静(しず)かなところ

○多餘的事情。

×余計(よけい)のこと

↓

○余計(よけい)なこと

3 後接接續助詞「ので」、「のに」等。

○問題(もんだい)が簡単(かんたん)なのですぐ出来(でき)ました。／問題很簡單，很快就解決了。

○体(からだ)が丈夫(じょうぶ)なので、この頃(ごろ)病気(びょうき)をしません。／身體很健康，最近沒有生過病。

○いつも丈夫なのに（○だったのに）、どうして病気をしたのですか。

平常身體很健康，怎麼生病了呢？

○好きなのに（○だったのに）、欲しくないと言っています。

他雖然喜歡，但卻說不要。

另外還可以修飾助動詞～ようだ等，就不再舉例說明。

4　第五變化假定形なら

形容動詞語尾用なら，有時後接ば，用～ならば，都表示假定。

○体が丈夫なら、うんと運動をしなさい。／要身體好的話，就要加強運動！

○それが当たり前なら、何も考えることはないじゃないか。

如果理由正當的話，就沒有必要再考慮什麼了。

○そんなに正直なら（ば）、人に信用されるだろう。／那麼正直的人，會令人信賴的吧。

○交通が便利なら（ば）、物資の交流も多くなるであろう。

交通便利的話，物資的流通也會多起來的吧！

4 不完全活用的形容動詞

形容動詞中有的只具備部份活用形，而缺少另一部份活用形，這種形容動詞稱之為不完全活用的形容動詞。

這種形容動詞有兩種：一是こんなだ、そんなだ、あんなだ、どんなだ；一是同(おな)じだ。

1 「こんな（だ）」的活用

變化型態	第一變化	第二變化	第三變化	第四變化	第五變化
基本形	未然形	連用形	終止形	連體形	假定形
こんなだ そんなだ あんなだ どんなだ	だろ	だっ （で） に	（だ）	こんな そんな あんな どんな	○

其中連體形こんな、そんな、あんな、どんな比較常用，有的學者稱之為連體詞；而它們的連用形副詞用法こんなに、そんなに、あんなに、どんなに也比較常用，有的學者將它們劃入副詞一類。本書將它們歸入了形容動詞。

下面看一看它們的用法。

★終止形　用～だ，不太常使用。

★未然形　用だら後接う變化成～だろう表示推量，但使用的時機也比較少。

○あちらの方(ほう)はどんなだろう。／那邊怎麼樣？

★連用法　用～だっ後接た構成だった表示過去。

○この間(あいだ)もこんなだった。／前幾天也是這樣。

另一個連用形に，多構成連用修飾語來用，修飾下面的用言。例如：

○そんなに慌(あわ)てるには及(およ)びません。／不必那麼慌張嘛！

○何(なに)もあんなに悲観(ひかん)する必要(ひつよう)はありません。／沒有必要那麼悲觀。

○その知(し)らせを聞(き)いたら、母(はは)はどんなに喜(よろこ)ぶでしょう。

聽到那個消息，媽媽會多麼高興啊！

★連體形　仍然用どんな、こんな、そんな、あんな。

○そんな事を言ったって何もなりません。／這麼說也沒用。

○こんな面白い映画を見たことはありません。／我沒有看過那麼有趣的電影。

○あんな結果になろうとは予想もしませんでした。／想也想不到會有這樣的結果。

○どんな事が起こってもびくともしません。

不管發生什麼事情，都完全不會有任何影響。

★假定形　不用。

2 「同じ（だ）」的活用

變化型態＼基本形	第一變化	第二變化	第三變化	第四變化	第五變化
	未然形	連用形	終止形	連體形	假定形
同じ（だ）	だろ	だっ（で）（に）	だ	（な）	なら

★終止形　～だ用來結束句子。

○収入(しゅうにゅう)と支出(ししゅつ)が同(おな)じだ。／收入和支出相等。

○娘(むすめ)のすることは母親(ははおや)と同(おな)じだ。／女兒做的事情和母親相同。

○本(ほん)の名前(なまえ)は殆(ほと)んど同(おな)じだが、内容(ないよう)は大分(だいぶ)違(ちが)う。

雖然書的名字幾乎相同，但內容差很多。

★未然形　用だろ後接う變成～だろう，表示推量。

○日本語(にほんご)の漢字(かんじ)と中国語(ちゅうごくご)の漢字(かんじ)は同(おな)じだろう。／日語的漢字和中文的漢字意思大致相同吧！

○台湾(たいわん)の言葉(ことば)は福建省(ふっけんしょう)の言葉(ことば)と同(おな)じだろう。／台灣的語言和福建省的一樣吧！

★連用形　用だっ後接た構成だった，表示過去。

○昔(むかし)はこのあたりは田舎(いなか)と同(おな)じだっただろう。／以前這附近和鄉下一樣。

上述同(おな)じだ、同(おな)じだろう同(おな)じだった構成同(おな)じ的時態。

連用形で、に使用時機較少，不再舉例說明。

★連體形　一般用同(おな)じ來修飾名詞。

○僕(ぼく)と李君(りくん)の誕生日(たんじょうび)は同(おな)じ日(ひ)だ。／我和李先生的生日是同一天。

○二つの事件は同じ犯人だ。／兩個事件的犯人是同一個人。

○私たちは三年間同じ先生に習った。／我們跟同一個老師學了三年。

○モンゴル人は日本人と同じ顔をしている。／蒙古人和日本人的五官長得很像。

但同是連體形後接ので、のに時，則要用同じなので、同じなのに。例如：

○表紙が同じなので、自分のノートかと思った。

因為封面是一樣的，所以我就誤以為是我的筆記本了。

○年が同じなのに、考え方がまるで違う。／年齡相同，但想法卻完全不同。

★假定形 用同じなら表示假定。

○値段が同じなら、やはり大きいほうがいい。／價錢相同的話，還是大的好。

另外，**同じ**還可以作副詞用，構成**同じ動詞終止形**なら～慣用型來用，表示同是…的**話…、既然…就…**。

○同じ買うなら、やはり上等なのを買ったほうがいい。／都是要買，還是買高級一點的好。

○同じ旅行するなら、京都あたりへ行ってみなさい。

同樣是旅行，你還是到京都去看一看吧！

5 語幹相同的形容詞與形容動詞

有些形容詞、形容動詞，它們的語幹相同，只是語尾不同，這就是同語幹的形容詞、形容動詞，也就是說有的詞既可以做形容詞來用，也可以作形容動詞來用。

這類形容詞、形容動詞有：

・暖（あたた）かい（形）　・暖（あたた）か（だ）（形動）／暖和的

・柔（やわら）かい（形）　・柔（やわら）か（だ）（形動）／柔軟的

・細（こま）かい（形）　・細（こま）か（だ）（形動）／細的、碎小的

・黄色（きいろ）い（形）　・黄色（きいろ）（だ）（形動）／黃色的

・四角（しかく）い（形）　・四角（しかく）（だ）（形動）／四角的

兩者的活用形

變化型態／基本形	第一變化 未然形	第二變化 連用形	第三變化 終止形	第四變化 連體形	第五變化 假定形
暖(あたた)かい	かろ	かっ　く	い	い	けれ
暖(あたた)か	だろ	だっ　で　に	だ	な	なら

以暖(あたた)かい、暖(あたた)かだ為例，看一看它們的用法：

○台南(たいなん)はもっと暖(あたた)かかろう（○暖(あたた)かだろう）。／台南更暖和吧！

○去年(きょねん)の冬(ふゆ)は暖(あたた)かかった（○暖(あたた)かだった）。／去年的冬天很暖和。

○あの部屋(へや)は暖(あたた)かくない（○暖(あたた)かでない）。／那個房間不暖和。

○これからもっと暖(あたた)かく（○暖(あたた)かに）なるだろう。／現在開始會更暖和了。

○台湾(たいわん)は冬(ふゆ)でも暖(あたた)かい（○暖(あたた)かだ）。／台灣冬天也很暖和。

○あそこは暖かい（○暖かな）ところだ。／那是個暖和的地方。

○気候が暖かければ（○暖かなら）、オーバーがなくても過ごせます。／氣候溫和的話，沒有大衣也可以。

另外還有幾個單字，作連體形修飾語時，既可以用形容詞連體形～い；也可以用形容動詞的連體形～な，但其他的活用只能接形容詞變化活用。這類的單字有：

・大きい（形）　・大きな（形動）／大的

・小さい（形）　・小さな（形動）／小的

・おかしい（形）　・おかしな（形動）／可笑的、奇怪的

兩者的活用形

變化型態／基本形	第一變化 未然形	第二變化 連用形	第三變化 終止形	第四變化 連體形	第五變化 假定形
大きい	かろ	かっ く	い	い	けれ
大きな	○	○	○	な	△

但用～い、～な作連體修飾語時，它們使用的場合是不同的。

1用「～い」時多修飾具體事物。例如：

○大きい家／大房子　○小さい家／小房子

○大きい部屋／大房間　○小さい部屋／小房間

○大きい人／很高大的人　○小さい川／小河

2用「～な」時多修飾抽象事物。例如：

○大きな事件／大事件　○小さな事件／小事故

○大きな成功／大成功　○小さなしくじり／小失敗

○大きな責任／重責大任　○小さな故障／小故障

6 形容動詞性的接尾語

所謂形容動詞性的接尾語，指的是接在其他單字下面、以～だ語尾按形容動詞變化的接尾語。常用的只有～的（てき）。

1 「～的（てき）」構成的例句

～的（てき）是英語形容詞詞尾tic的日文譯詞，多接在漢語名詞或形容動詞的語幹下面，個別的也接在漢語動詞語幹下面，表示具有某種性質的或有關某方面的等含義。

1 多接在漢語二字單詞下面。例如：

進歩的（しんぽてき）／進步的　　封建的（ほうけんてき）／封建的

形式的（けいしきてき）／形式上的　　通俗的（つうぞくてき）／通俗的

全面的／全面的　　自発的／自發的

定期的／定期的　　理想的／理想的

2有時也接在漢語一字單詞下面。例如：

量的／量的　　質的／質的

静的／靜的　　動的／動的

3個別時候也接在三字以上漢語單詞下面。

不徹底的／不徹底的　　超現実的／超現實的

自由主義的／自由主義的　　形而上学的／形而上學的

2 「～的」活用

接形容動詞活用。

★**終止形**　用～的だ，但用時不多。

○彼の詩は浪漫的だ。／他的詩是很浪漫的。

○それはなかなか理想的だ。／那太理想了。

★連用形

用「～的で」後接「ない」表示否定；或單獨用「～的で」表示中止。

○こういうやり方は経済的ではない。／這種作法不經濟。

○肯定の代表的で標準的な返事は「はい」である。

肯定的代表性標準回答是「是」。

用「～的に」作連用修飾語來用。

○もっと具体的に言ってください。／請你再具體地說明一下！

○その問題を徹底的に調査せねばならない。／必須把那個問題進行徹底地調查。

○洋服は今「洋服」でなくなり、国際的、いや世界的になった。

西服現在已不是「西式服裝」了，它已成了具有國際性、世界性的衣服了。

★連體形 用～的な。

○それは伝統的な考え方である。／那是傳統的想法。

○天ぷらは今は日本の代表的な食べ物となった。／炸天婦羅現在成了日本的代表性食品。

○井上先生はその方面において専門的な研究を行っている。

井上老師在那方面進行專業研究。

它也可以用～的直接作為連體修飾語來用。例如：

○それは国際的評価である。／那是具有國際代表性的評論。

○それは決定的変化であった。／那是決定性的變化。

○彼らは政治的発言権はなかった。／他們沒有政治發言權。

○今年に入ってからも、根本的解決はできなかった。

進入本年度也依然不見徹底的解決方案。

第三章 感情形容詞

如在總說中所述：形容詞(包括形容動詞)從意義上進行分類，可分為感情形容詞(包括感覺形容詞)、屬性形容詞、評價形容詞。即：

形容詞
形容動詞
- **感情形容詞**
  - **感情形容詞**
  - **感覺形容詞**
  - ── **主觀形容詞**
- **屬性形容詞** ── **客觀形容詞**
- **評價形容詞** ── **客觀形容詞(帶有主觀色彩)**

它們各有各的特點用法不同。本章重點介紹感情形容詞(包括感覺形容詞)，下面第四、五章分別介紹屬性形容詞、評價形容詞。

1 什麼是感情形容詞

感情形容詞是表示有情感的個體（多是人）的感情、感覺的形容詞，從主客觀這一角度來說，它是主觀形容詞。

如嬉(うれ)しい、恐(いた)ろしい、痛(いた)い、痒(かゆ)い等都是感情形容詞。

2　感情形容詞的分類

仔細分析起來，它們還有下面兩種類型：

1　感情形容詞

它們是表示有情感的個體（多是人）的喜、怒、哀、樂、好、惡等感情的形容詞。例如：

嬉しい／欣慰的　　楽しい／快樂的　　寂しい／寂寞的

懐かしい／懷念的　　恥ずかしい／羞恥的　　欲しい／想要

惜しい／可惜的　　怖い／害怕　　気の毒／可憐的

可哀想／可憐的　　残念／遺憾　　不思議／奇怪的

不便／不便

② 感覺形容詞

表示有情感的個體（多是人）感覺到的痛苦、疼痛、冷熱等的形容詞。這類形容詞不多，常用的有：

苦しい／痛苦的　辛い／難受的　冷たい／涼

痛い／疼，痛　だるい／身體無力　煙たい／煙味嗆人

痒い／癢　眩しい／耀眼　眠たい／睏，想睡

熱い／熱　寒い／冷　眠い／睏

其中寒い、暑い、冷たい等也作為屬性形容詞來用。例如：

○夏は暑い。（屬性形容詞）／夏天熱。

○私は頭が暑い。（感情形容詞）／我頭很燙。

○川の水が冷たい。（屬性形容詞）／河水涼涼的。

○私は足が冷たい。（感覺形容詞）／我的腳冰冰的。

3 感情形容詞（包括感覺形容詞）的用法特點

1 感情形容詞（包括感覺形容詞）與「～がる」的用法

感情形容詞可以在語幹下面接接尾語～がる，使之動詞化。例如：

1 感情形容詞後接「～がる」　例如：

怖（こわ）い→怖（こわ）がる／害怕

嬉（うれ）しい→嬉（うれ）しがる／感到高興

羨（うらや）ましい→羨（うらや）ましがる／羨慕

寂（さび）しい→寂（さび）しがる／感覺寂寞

懐（なつ）かしい→懐（なつ）かしがる／懷念

欲（ほ）しい→欲（ほ）しがる／要

惜（お）しい→惜（お）しがる／覺得可惜

気（き）の毒（どく）→気（き）の毒（どく）がる／感到同情

残念（ざんねん）→残念（ざんねん）がる／感到遺憾

不思議（ふしぎ）→不思議（ふしぎ）がる／感到不可思議

恥ずかしい↓恥ずかしがる／感到羞恥　　不便↓不便がる／感覺不方便

2感覺形容詞後接「～がる」　例如：

痛い↓痛がる／覺得痛　　寒い↓寒がる／感覺冷

苦しい↓苦しがる／覺得痛苦、感覺難受　　眠い↓眠がる／睏

熱い↓熱がる／感覺熱　　眠たい↓眠たがる／睏

好き、嫌い，雖都是感情形容詞表示好惡，但它們不能在下面接～がる。

好き↓×好きがる　　嫌い↓×嫌いがる

而感情形容詞、感覺形容詞以外的其他形容詞，也不能在下面接～がる。例如下面的説法都是錯誤的。

高い↓×高がる　　綺麗↓×綺麗がる

大きい↓×大きがる　　静か↓静かがる

但有個別的屬性形容詞、可以後接～がる。例如：

偉い↓偉がる／覺得了不起　　強い↓強がる／逞強

至於~がる的含義、用法將在下一節作仔細的說明。

2 主語的人稱限制

即主語的人稱關係。感情形容詞、感覺形容詞作述語時，在它們的現在式作述語的句子裡（包括肯定和否定）其感情、感覺的主體只能是第一人稱，也就是說只能用**我**做主語，而不能用第二、三人稱作主語。例如：

○私(わたし)は嬉(うれ)しい。／我很高興。

○私(わたし)は怖(こわ)いです。／我很害怕。

○私(わたし)は頭(あたま)が痛(いた)いです。／我頭很痛。

○私(わたし)は胸(むね)が苦(くる)しいです。／我胸口很難受。

○私(わたし)は怖(こわ)くありません。／我不害怕。

○私(わたし)は胸(むね)が苦(くる)しくありません。／我胸口不會難受。

之所以只能這麼用，是因為只有第一人稱才能夠體會到某種感情、某種感覺，也就是說直接體會到喜、怒、哀、樂、好惡或疼痛、冷熱的只能是第一人稱**我**，而不是旁人，所以第

二、三人稱是不能這麼表達的。例如：

×あなたは嬉しいですね。

×彼は頭が痛いです。

×彼女は苦しいです。

×あなたは嬉しくありませんね。

×彼は頭が痛くありません。

×彼女は胸が苦しくありません。

有時以一個感情形容詞現在式作述語的句子省略了主語；或句子中只有一個現在式的感情形容詞，這時它們的主語仍是**第一人稱**我。例如：

○いい機会を逃して本当に残念です。／錯過了好機會，我真遺憾。

○「辛いね」と彼女は言った。／她說：「我真難受啊」。

○「ああ、眠い、起こさないでくれ」／「啊，好睏！不要吵我！」

○「怖い、本当に怖い」／「好可怕，我真的很害怕。」

上述句子裡的**残念です**、**辛い**、**眠い**、**怖い**都是現在式的感情感覺形容詞，因此它們的主語都是第一人稱**我**。

但很多日語學習者往往根據中文的表達方式來講日語，以致出現下面的錯誤句子。

×彼は日本人の友達がほしいです。

×あの子は英語の勉強が嫌です。

×うちの子は腹が痛いです。

產生這種錯誤的原因，主要是忽略了感情形容詞、感覺形容詞作述語的句子時，它的主語要受人稱限制的原則。

但在下面一些情況下，第二、三人稱也可在感情形容詞、感覺形容詞作述語的句子裡作主語。

1　用在以感情、感覺形容詞現在式作述語的疑問句中。

○あなたは嬉しいですか。／你高興嗎？

○あなたは寂しくないですか。／你不寂寞嗎？

○彼は頭が痛いですか。／他頭在痛嗎？

2用在以感情、感覺形容詞過去式作述語的句子，第二、三人稱可以作句子的主語。

○その時、彼はとても嬉しかったです。／那時候我很高興。

○あなたも嬉しかったですね。／你當時也很高興吧！

○母も嬉しかったです。／我媽媽也很高興。

3用在感情、感覺形容詞作述語的句子裡，句末述語用「感情、感覺形容詞のだ」來說明情況時，可以用第二、三人稱作主語。

○山村さんは歯が痛いのです。／山村先生的牙齒很痛。

○彼女は悲しいのです。／她很悲傷。

4用在以感情、感覺形容詞作述語的句子裡，句尾用「～だろう」、「～ようだ」、「～らしい」、「～に違いない」等表示推量的詞語結句時，第二、三人稱可以作主語。

○母も嬉しいでしょう。／母親也高興吧！

○患者は胃が痛いらしいです。／患者好像胃很痛。

○彼もこんなカメラが欲しいに違いありません。／他一定也會想要這樣的相機。

5用在感情、感覺形容詞作述語的句子裡，句尾用傳聞助動詞「そうだ」或「～と言ってい

る」結句時，可用第二、三人稱作主語。

○彼もカメラが欲しいそうです。／聽說他也想要買那一台相機。

○太郎は腹が痛いと言っています。／太郎說他肚子痛。

6 感情、感覺形容詞在句子裡作連體修飾語或構成條件句來用時，也可以用第二、三人稱作被修飾語或作小句子的助詞。例如：

○犬が怖い人は多いです。／怕狗的人很多。

○足の痛い人は行かなくてもいいです。／腳痛的人也可以不去。

○暑かったら窓を空けなさい。／如果覺得熱的話，請把窗子打開！

○欲しくても、彼は欲しいとは言いません。／他雖很想要，但卻不會說。

第一、二個例句中的怖い、痛い修飾的人都是第三人稱；第三、四個句子都是使用在條件句裡的情況，這時它們就構成條件句的述語，可以用暑い、欲しい。

3 對象語的問題

感情、感覺形容詞作述語時，有的形容詞不需要對象語，有的形容詞則要有對象語才能夠表達完整的意思。下面看一看它們使用的情況：

1不需要對象語的感情、感覺形容詞　這時一般構成「Aは形容詞」句型來用。例如：「寒い」、「眠い」、「眠たい」、「寂しい」等都可以用「Aは形容詞」構成句子。例如：

○私は寒いです。／我很冷。

×私は手足が寒いです。

○私は眠たいです。／我很睏。

×私は目が眠たいです。

○私はとても寂しいです。／我很寂寞。

×私は気持が寂しいです。

2需要有對象語的感情、感覺形容詞　它們構成句子時，則要構成「Aは Bが形容詞」句型來用。這時還有兩種情況：

1述語是感覺形容詞時，如「痛い」、「痒い」、「苦しい」等時，B多是身體的一部分，因此B是整個句子中子句的小主語。本書為了說明方便所以列在這裡。

○私は頭が痛いです。／我頭很痛。

○私は背中が痒いです。／我背癢癢的。

○私は胸が苦しいです。／我胸口難受。

值得提出的是：學習日語的人往往根據中文的習慣，將上述句子用下面的表達方式表達出來。這麼講雖然不是很大的錯誤，但它是不合乎日語習慣的。

？私の頭が痛いです。

？私の背中が痒いです。

？私の胸が苦しいです。

2述語是感情形容詞，如「欲しい」、「怖い」、「懐かしい」、「羨ましい」、「惜しい」、「好き」、「嫌い」、「嫌」等時，則要構成「AはBが形容詞」句型來用，其中的「B」是述語形容詞的對象，因此這時的B是對象語。值得注意的是這一類形容詞譯成中文時，多用動詞，而在日語裡則是形容詞。例如：

○私は彼が羨ましいです。／我很羨慕他。

○私はあの先生が怖いです。／我很怕那位老師。

○私は母が懐かしいです。／我懷念母親。
○私は日本の友人が欲しいです。／我希望有日本朋友。
○私は時間が惜しいです。／我覺得時間很珍貴。
○私は水泳が好きです。／我喜歡游泳。
○私はうどんが嫌いです。／我不愛吃烏龍麵。

像上述這樣感情、感覺形容詞構成的句子，主語肯定是第一人稱**私**，因此講話時，多將**私**省略掉。

○彼らが羨ましいです。／他們很令人羨慕。
○あの先生が怖いです。／那位老師很可怕。
○母が懐かしいです。／母親令人懷念。
○日本の友達がほしいです。／我希望有個日本朋友。
○時間が惜しいです。／時間很珍貴。

這些句子的述語，都是感情形容詞的現在式，而它們的主語都是**私**，只是在句子裡省略掉了而已。

因此有時像下面這樣的用法，前後兩個句子意思是不同的。

○彼は怖いです。／他叫人害怕（我會怕他）。

○彼は怖いのです。／他很害怕。

前一個句子用感情形容詞**怖い**的現在式作述語，這樣句子的主語仍然是**私**，因此**彼**是對象語，為了加強提示作用用了**彼は**，因此這句話的意思是**我怕他**。而後一個句子，因為述語用了**~のです**結尾，表示說明「他」的情況，這句話的主語則是**彼は**，因此這一句子的意思是**他是害怕的**。再如：

○彼は羨ましいです。／他令人羨慕。

○彼は羨ましいのです。／他是羨慕的。

這兩個句子的關係，也是和前面**怖い**的例句的結構相同。前一句的主語仍是**私**，只是省略掉了；而後一句子因為述語用了**~のです**，表示說明這一情況，因此表示**他是羨慕的**。

○彼は嫌です。／他令人討厭（或「我討厭他」）。

○彼は嫌なのです。／他不喜歡。

有時句子裡省略掉了助詞，也可以根據上述說明理解句子的含義。例如：

○あの人、私、嫌です。／我討厭他。

這個句子沒有使用助詞，為什麼不能理解為**他討厭我**，而要理解為**我討厭他**？理由在於**嫌**是感情形容詞，在這裡用的是現在式，所以它的主語只能是第一人稱，而不是第三人稱，因此不會是**他討厭我**，而是**我討厭他**。

3述語是感情、感覺形容詞時，有些單字可以構成「AはBが形容詞」的形式，也可以構成「AはB形容詞」形式。如「嬉しい」、「悲しい」、「楽しい」等，都可以構成兩種形式。

○私はあの子の親切が嬉しいです。／那個孩子的親切對待，讓我感到很高興。

○私は嬉しいです。／我很高興。

○私は自分の頭が悪いのが悲しいです。／對腦袋瓜不靈光的自己感到難過。

○父に死なれて私は悲しいです。／父親去世了，我很悲傷。

但好き、嫌い是例外，雖都是感情形容詞，但它們的現在式（即用～だ、～です）作述語時，主語不受人稱的限制，即既可以用第一人稱作主語，也可以用第二、三人稱作主語。

○私(わたし)は刺身(さしみ)が好(す)きです。／我喜歡吃生魚片。

○あなたは刺身(さしみ)が好(す)きですね。／你喜歡吃生魚片啊！

○川村(かわむら)さんも刺身(さしみ)が好(す)きです。／川村也喜歡吃生魚片。

根據上述說明歸納起來，感情、感覺形容詞有下述三個特點：

（一）感情形容詞（包括感覺形容詞）可以在下面接接尾語「～がる」使之動詞化。其他動詞一般不能在下面接「～がる」。

（二）在以感情形容詞（包括感覺形容詞）的現在式作述語的平敘句中，其感情、感覺的主體只能是第一人稱。

（三）有些感情形容詞（包括感覺形容詞）多要求有其感情、感覺的對象語，才能構成完整的句子。

4 接尾語「〜がる」的用法

1「〜がる」的基本用法

根據上述說明我們可以知道：在感情形容詞現在式作述語的句子（包括肯定、否定句），第二、三人稱不能作句子的主語。

×彼女は悲しいです。　　×あなたはカメラが欲しいですね。

×彼は悲しくないです。　　×あなたはカメラが欲しくないですね。

這些句子是不通的。但第二、三人稱作主語時，這樣的句子又應該怎樣表達呢？在第二、三人稱作主語時，則要在感情、感覺形容詞下面接接尾語〜がる或用〜がらない作述語來講。

○彼女は悲しがっています。／她很傷心。

○彼は悲しがっていません。／他不傷心。

○あなたはカメラを欲しがりますね。／你想買一台相機吧！

○あなたはカメラを欲しがりませんね。／你不想要相機啊！

我們再多看幾個句子：

○君は冷たい飲み物をほしがっていますね。／你想喝冷飲吧！

○彼はケーキを欲しがっています。／他想要吃蛋糕。

○みんなは試合に負けたのを悔しがっています。／大家對輸了比賽感到懊惱。

○子供は扁桃腺の手術を嫌がっています。／小孩討厭作扁桃腺手術。

○彼は熱で一晩中苦しがっていました。／他因為發燒難受了一夜。

上述第二、三人稱作主語的句子，述語部分即用了～がる構成的動詞。

另外也有下面這樣的例外：

(一) 第一人稱作主語時，有時也用「～がる」作述語的情況。

1在回想過去某種情況時，主語是第一人稱也可以用「～がる」構成的動詞，但這時多用過

去式「～がった」。

○小学校にいたとき、私は先生を怖がったよ。／在上小學的時候，我很怕老師。

○子供のころ、私は何よりもチョコレートをほしがった。

小時候，我最喜歡巧克力了。

2在條件句的前項裡，主語是第一人稱「我」時，也可以用「～がる」。例如：

○私が欲しがっているのに、父は買ってくれません。

我雖然很想要，但爸爸不買給我。

○私がいくら悲しがっても、取り合ってくれない。

我雖然難過，但對方也不理睬。

(二) 第二、三人稱作主語時，也有下面這樣不用「～がる」構成動詞的情況。

1在用「て」、「ば」、「ても」構成的條件句裡，由於「て」、「ても」、「ば」等構成條件句裡含有推量的意思，因此第二、三人稱作主語時，也可以不用「～がる」構成動詞。

○欲ければ、その本をもって行ってください。／你若想要的話，就把那本書拿去吧！
○欲しくても、彼は欲しいとは言わないでしょう。／即使想要，他也不會說的吧。

2在用「のに」構成的條件句裡，第二、三人稱作主語時，也可不用「～がる」構成的動詞。

○あの人は嬉しいのに、つまらなそうにしている。
他雖然高興，卻裝得一副無所謂的樣子。

2「～がる」動詞的自他關係

～がる接在感情形容詞下面時，有的感情形容詞轉化成為自動詞，用～が～がる；有的則變成他動詞，這時則要用～ば～を～がる。

1「～がる」構成的自動詞

一般來說，接在感覺形容詞下面的～がる構成的動詞多是自動詞。例如：

痛がる、　痒がる、　苦しがる、
眠がる、　暑がる、　寒がる

感情形容詞中也有構成自動詞的，例如：

寂しがる、　嬉しがる

上述～がる構成的動詞都是自動詞，含有感到…的意思。例如：

○彼は毎晩九時になると眠たがります。／他每天晚上到九點就開始覺得睏。

○娘さんが大学に合格して、隣のおばさんはとても嬉しがっています。

寶貝女兒考上了大學，鄰居伯母特別開心。

○傷が深いのか、子供は痛がっています。／也許是傷口太深，孩子感到很痛。

○この子は母親がちょっといなくなると、すぐに寂しがって泣くのですよ。

這個孩子只要母親一不在就會覺得寂寞，甚至哭了起來。

另外屬性形容詞偉い、強い後接～がる構成的動詞，一般也是自動詞，即偉がる、強がる都是自動詞。例如：

○弱い者に限って強がります。／越是弱者就越逞強。

○何もそんなに偉がることはありません。／不知道在擺什麼架子。

2「~がる」構成的他動詞

絶大多數的感情形容詞下面接~がる後，轉化為他動詞。例如：

悔しがる、　羨ましがる、　嫌がる、　面白がる、
欲しがる、　怖がる、　うるさがる、　珍しがる、
残念がる、　不思議がる、　不便がる、　悲しがる等

這時它們用~を~がる，表示**對…感到**。

看一看它們的用法：

○彼もカメラを欲しがっています。／他也想要一台相機。

○みんなは彼の就職先を羨ましがる。／大家都羨慕他找到的工作。

○家の子供は勉強を嫌がって遊んでばかりです。／我們家的孩子不愛讀書光會玩。

○選手たちはあんな相手に負けたのを非常に残念がっています。

選手們對於輸給那樣的對手，感到非常遺憾。

○彼はどんな危険でも怖がらないようです。／他好像什麼危險都不怕。

③「～がる」與「～がっている」

在用**形容詞**、**形容動詞がる**時，有時用～がる，有時用～がっている。那什麼時候用～がる，什麼時候用～がっている呢？概括來說，它們的關係與**一般動詞的現在式**與**動詞ている**關係相同。

1「～がっている」　表示現在存在狀態，即表示某人現在的感情、感覺。例如：

○大学に入った弟はとても嬉しがっています。／上了大學的弟弟很高興。

○傷が深いので、李さんは今でも痛がっています。

　因為傷口很深，李小姐現在還是感到很痛。

○弟は新しい自転車を欲しがっています。／弟弟想要一輛新的腳踏車。

○それを見てみんなが面白がっているのに、彼は少しも面白がりません。

　看到那個大家都感到很有趣，他卻一點也不覺得。

2「～がる」　表示一般的、經常性的、習慣性的感情、感覺，而不是單純表示現在的感情、感覺。例如：

○玩具なら、うちの子は何でも欲しがります。

只要是玩具，我們家那孩子什麼都喜歡。

○子供が大学に入ったら、大抵の母は嬉しがるだろう。

孩子上了大學，大部份的母親都會很欣慰吧！

○傷が深かったら、痛がります。／傷得深，就會痛。

5 感情形容詞表示屬性的用法

如前所述，一些感情形容詞作述語的句子，它們的主語多是人。例如：

○私は蛇が怖いです。／我怕蛇。

○友達が遊びに来ないから、（私は）寂しいです。／朋友們不來玩，我很寂寞。

○母に死なれて、（私は）悲しいです。／媽媽走了，我很難過。

○私は頭が痛いです。／我頭很痛。

○夕べみんなは楽しかったです。／昨晚大家都很愉快。

○私は酒が嫌いです。／我討厭喝酒。

但有時感情形容詞也可以用來表示某種事物的屬性，這時的主語則不是人了，而是某種事物。例如：

○蛇は怖いものです。／蛇是可怕的東西。

○あの通りはいつも寂しい。／那條街一直都是那麼僻靜。
○肉親との別離は悲しいです。／和父母分離是令人難過的。
○インフルエンザの予防注射は痛いです。／打流行性感冒預防針會痛。
○先週の旅行は楽しかったです。／上週的旅行很愉快。
○毎日雨が降って嫌な天気ですね。／每天下雨，這天氣真讓人討厭。

上述句子裡的怖い、寂しい、悲しい、痛い、楽しい、嫌分別表示**蛇**、**あの通り**、**別離**、**予防注射**、**旅行**、**天気**的屬性。

特別是感情形容詞作連體修飾語來用時，經常是作為表示屬性的用法。例如：

○悲しい映画を見て泣いてしまいました。／看那悲慘的電影我哭了。
○楽しい音楽は何回聞いてもあきません。／快樂的音樂聽幾遍都不膩。
○あの先生はとても怖い先生です。／那個人是個可怕的老師。
○嫌物はありません。何でも食べます。／我沒有討厭的食物，什麼東西都吃。

上面的句子中作述語連體修飾語的**悲**しい、**楽**しい、**怖**い、**嫌**分別表示被修飾語的名詞**映画**、**所**、**音楽**、**先生**、**物**的屬性的。

6 感情達到極限的表現形式

表示某種感情、感覺達到忍受不了的程度時，有下面幾種表達方式：

～てたまらない、　～てならない、

～て仕方（が）ない、　～て仕様（が）ない、

～てやりきれない、　～て叶わない、

但它們的用法，有的相同，有的不同。

1 ～てたまらない、～てならない

兩者意思、用法基本相同，都接在感情、感覺形容詞的連用形下面，表示某種愉快的或不愉快的感情、感覺達到忍受不了的程度。相當於中文：得不得了等。例如：

○入学（にゅうがく）の知（し）らせを受（う）け取（と）った時（とき）、嬉（うれ）しくてたまらなかった（○〜ならなかった）。

接到入學通知的時候，我高興得不得了。

○さも愉快（ゆかい）でたまらない（○〜でならない）というふうに一人（ひとり）でクックッと笑（わら）い出（だ）した。

／開心得不得了，一個人嘿嘿嘿地笑了出來。

○彼（かれ）のものすごい顔（かお）を見（み）て、私（わたし）は怖（こわ）くてたまりませんでした（○〜てなりませんでした）。／看到他那可怕的臉色，我怕得不得了。

○部屋（へや）にスチームが通（とお）っていないから、寒（さむ）くてたまりませんでした。

房間裡沒有開暖氣，冷得不得了。

○昨日（きのう）のサッカーの試合（しあい）でちょっとの差（さ）で負（ま）けてしまって残念（ざんねん）でたまりませんでした（○〜でなりませんでした）。

昨天的足球賽，以些微差距落敗，大家遺憾得不得了。

2 〜てしょう（が）ない、〜て仕方（しかた）（が）ない

兩詞與前兩者的意思、用法相同，也都接在感情、感覺形容詞的連用形下面，也都表示愉

快的或不愉快的感情、感覺達到了很高的程度。相當於中文的…得很、…不得了。例如：

○その恰好を見ておかしくて仕方がありませんでした（○～て仕様がありませんでした）。

看了他那身打扮，實在太滑稽可笑了。

○大学に入学できて、嬉しくて仕方がありませんでした（～て仕様がありませんでした）。

能上大學，我開心得不得了。

○母がなくなって悲しくて悲しくて仕様がありませんでした（～て仕方がありませんでした）。

媽媽走了，我難過得不得了。

○列車に乗り遅れて悔しくて仕様がありませんでした（～て仕方がありませんでした）。

沒有趕上火車，懊惱得不得了。

○夕べ遅くまで起きていたので今日は眠くて仕様がありません（～て仕方がありません）。

昨天很晚睡，今天睏得不得了。

3 てやりきれない、てかなわない

兩者的含義、用法相同，都接在感情、感覺形容詞的連用形下面，但與前面四者稍有不同，它們只表示不愉快的感情、感覺達到受不了的程度。相當於中文的…得很、…不得了。

例如：

○毎日こう暑くてはやりきれません。／每天這麼熱怎麼受得了。

○毎日車がひっきりなしに通ってはうるさくてやりきれません。

　每天車子不停地跑，討厭得不得了。

○夕べ遅くまで起きていたので、今日は眠くてやりきれません（○～てかないません）。

　昨天很晚睡，今天睏得不得了。

　但～やりきれない、～てかなわない不能接在表示愉快的感情、感覺形容詞的下面。例如：

×嬉しくてやりきれない。

×楽しくてやりきれない。

×愉快で叶わない。

第四章

屬性形容詞

如前所述，形容詞從意義上進行分類，可分為感情形容詞、屬性形容詞、評價形容詞，本章重點說明屬性形容詞。

1 什麼是屬性形容詞

屬性形容詞（包括形容詞、形容動詞）是從客觀上來講事物（包括客觀存在的人）的性質、狀態的詞，因此它屬於客觀形容詞，這一類形容詞占了絕大部分。

2 屬性形容詞的分類

屬性形容詞再進一步分類可分為下列幾種：

1 表示一般事物屬性的形容詞

1 表示存在的形容詞

ない／沒有

2 表示異同、正反關係的形容詞

等（ひと）しい／相等　　同（おな）じ／相同

そっくり／一模一樣　　反対（はんたい）／相反、反對

逆（ぎゃく）／相反　　あべこべ／相反

3 表示不正常、不普通的

変（へん）／奇怪　　異様（いよう）／異常

可笑しい（おかしい）／古怪的　　珍しい（めずらしい）／珍貴的

4 表示有無危險、有無災害的

危険（きけん）／危險的　　危ない（あぶない）／危險的

危うい（あやうい）／危險的　　安全（あんぜん）／安全的

有害（ゆうがい）／有害的　　無害（むがい）／無害的

2 表示具體東西屬性的形容詞

1 表示空間大小、長短等的形容詞

大きい（おおきい）／大的　　小さい（ちいさい）／小的

広い（ひろい）／寬廣的　　狭い（せまい）／狹窄的

長い（ながい）／長的　　短かい（みじかい）／短的

高い（たかい）／高的　　低い（ひくい）／低的、矮的

深(ふか)い／深的
粗(あら)い／粗糙的
太(ふと)い／粗的
厚(あつ)い／厚的
遠(とお)い／遠的

浅(あさ)い／淺的
細(こま)かい／細小的
細(ほそ)い／細的
薄(うす)い／薄的、淡的
近(ちか)い／近的

2 表示顏色、光線的形容詞

白(しろ)い／白的
赤(あか)い／紅的
真(ま)っ赤(か)／鮮紅
薄赤(うすあか)い／淺紅色的
濃(こ)い／濃厚的
明(あか)るい／亮的
鮮(あざ)やか／鮮艷的

黒(くろ)い／黑的
青(あお)い／藍的
真(ま)っ青(さお)／純藍、深藍
薄青(うすあお)い／淺藍色的
薄(うす)い／淡的
暗(くら)い／暗的

3 表示聲音的形容詞

大きい／大的
高い／高的
太い／粗的
堅い／堅硬的
重い／沉重的
静か／安靜的

4 表示味道、氣味的形容詞

甘い／甜的
塩辛い／鹹的
辛い／辣的
旨い／好吃的、厲害的
まずい／難吃的；笨拙的、不好的。
臭い／臭的
生臭い／腥的

小さい／小的
低い／低的
細い／細的
柔かい／柔軟的
軽い／輕快的
賑やか／熱鬧的

酸っぱい／酸的
苦い／苦的
渋い／澀的
美味しい／好吃的

芳しい／芳香的
小便くさい／尿騷味、孩子氣

3 表示人的屬性形容詞

如表示人的性情、表情、態度、樣子、眼神等的形容詞。

明(あか)るい／明朗的　　穏(おだ)やか／穏健的

優(やさ)しい／溫和的　　厳(きび)しい／嚴厲的

真面目(まじめ)／認真的、誠實的　　熱心(ねっしん)／熱心的

無邪気(むじゃき)／天真的　　大人(おとな)しい／老實的、乖

親切(しんせつ)／親切的　　正直(しょうじき)／誠實的

暢気(のんき)／悠閒的　　気楽(きらく)／舒適的

4 表示事情、事態的屬性形容詞

1 表示事物程度的形容詞

甚(はなは)だしい／非常的　　著(いちじる)しい／很

恐(おそろ)しい／很（大）　　酷(ひど)い／過份的

偉い／很　　凄い／厲害的

物凄い／厲害的

2表示「當然」的屬性形容詞

当然／當然的　　当たり前／當然的

もっとも／正確的、理所當然　　無理も無い／有道理的、當然的

やむを得ない／不得已　　仕方が無い／沒有辦法

在這裡提出兩點，進一步說明。

（1）多義的屬性形容詞

儘管在上面就屬性形容詞作了分類，但有些形容詞不僅僅只有一個意義，有時還用於別的情況，即一個屬性形容詞用於多個方面，有多種含義。下面是幾個常見的例子。

（一）明るい、暗い

1用於光線，表示光線明、暗。

○外は明るい。／外面亮亮的。

○部屋の中は暗い。／房間裡很黑。

2用於人，表示人的性格、心情明朗、陰沉。

○彼は明るくて親切な人です。／他是個開朗、親切的人。

○入学試験に落ちて気持がすっかり暗くなった。

入學考試落榜，心情變得沉悶了起來。

3用於事物，表示對事物的了解與否

○あの人は新聞記者で日本の政党に明るい。／他是新聞記者，很了解日本政黨。

○私はその辺の地理に暗かったので、中山さんに案内を頼んだ。

我不了解那地方的地理情況，所以托中山先生幫忙介紹。

(二)高い、低い

1表示具體東西高、低。

○大きい都会には高い建物が沢山あります。／大城市裡有許多高樓大廈。

○下町では低い平屋が多いです。／在低窪地區矮平房很多。

2表示聲音的高低。

○隣の人が高い声で話すので喧しいです。／旁邊的人高聲談話非常吵。

○声が低いのではっきり聞こえません。／聲音低沈，聽不清楚。

（三）甘い、辛い

1分別表示味道的甜和辣。

○この菓子はずいぶん甘いですね。／這個點心真甜啊！

○芥子、胡椒などは辛い。／芥末、胡椒都很辣。

2用於人，表示對人的態度寬鬆或嚴謹

○内山先生は学生に甘いです。／內山先生對學生很寬鬆。

○あの先生は試験の点が辛いです。／那位老師給分很嚴。

（四）旨い、まずい

1用於某種東西，表示味道好吃、不好吃。

○中華料理はうまいです。／中國菜很好吃。

○この菓子はまずいです。／這個點心不好吃。

2表示某種技術好、壞。

○高先生は字がうまいです。／高老師寫得一手好字。

○私は字がまずいです。／我字寫得不好。

（五）重い、軽い

1用於某種東西，表示東西重、輕。

○この荷物はとても重いです。／這件行李很重。

○このカバンは軽いです。／這個皮包很輕。

2用於語言，表示口風緊或嘴快。

○あの人は口が重いです。知っていても話さないでしょう。

他口風很緊，就算知道也不會說的吧。

○口の軽い人は知っている事は何でもしゃべります。／他嘴快，知道什麼就講什麼。

以上幾個例句，說明一個屬性形容詞，不只用於一個方面，它往往具有多種含義。在這裡就不再一一舉例說明。

（2）表示某種事情理所當然的幾個屬性形容詞

如前所述，表示理所當然的形容詞中，從它們表示**當然**的程度或語氣輕重來看，可分為下面三種類型：

①当然、当たり前

②もっとも、無理もない

③仕方がない、やむを得ない

這一些形容詞和其他形容詞一樣，也都可以作述語來用，作述語時一般用～するのは～，也可以作連體修飾語用。它們雖都表示理所當然，但對**當然**所表示的肯定程度是不同的：其中①**当然**、**当たり前**的肯定語氣最強；②もっとも、**無理**もない則比前兩者要弱一些，而③的**仕方**がない、やむを得ない則含有這樣的事情雖不好，但也只能這樣的意思，是消極的接受，因此肯定的語氣最弱。

下面看一看它們的具體用法：

1 当然／當然、理所當然

○借りた物は返すのが当然だ。／借的東西當然要還。

○選挙に参加するのは国民として当然の権利だ。

參加選舉是身為一個國民理所當然的權利。

2 当たり前／當然、理所當然

○働いてお金をもらうのは当たり前だ。／做事拿錢是理所當然的。

○親が子を養い、教育するのは当たり前なことだ。

父母養育子女是理所當然的事情。

3 もっとも／當然、理所當然、不無道理

○彼が怒るのももっともだ。／他會生氣也不無道理。

○なるほど、これらは一応もっともな非難である。／的確，這理所當然會被罵的。

4 無理もない／當然、理所當然、不無道理

○あなたが怒るのは無理もない。／你會生氣也是應該的。

○少しおいしいものを食べたがるのは、病人として無理もない望みだ。

病人想吃一些好吃的東西，這也是人之常情。

5 仕方（が）ない／沒有辦法、也是不得已

○仕事で、時々料亭に出入りするのも仕方がない。

由於工作的需要，時常出入餐館應酬也是不得已。

○仕方がないことだから、今日のうちにやってしまわなければならない。

沒辦法必須在今天做完。

6 やむを得ない／不得已、理所當然

它與**仕方がない**意思相同，但是書面用語。

○休んでは困りますが、病気ならやむを得ません。

請假是不好，但生病也是不得已的。

○台風のため今日のコンサートの中止はやむを得ない。

因為颱風所以今天的演唱會只好暫停了。

為了進一步體會它們的用法以及彼此間的關係，我們看一看它們用在同一個句子裡的情況。例如：

○彼の意見を受け入れないのは…。／不接受他的意見，這也是…。

上面句子的…處，既可以用**当然だ**、**当たり前だ**、**もっともだ**、**無理もない**，也可以用**仕方がない**、**やむを得ない**，幾種說法都通。例如：

○彼の意見を受け入れないのは当然だ。／不接受他的意見，這也是理所當然。

○彼の意見を受け入れないのは無理もない。／不接受他的意見，也不無道理。

○彼の意見を受け入れないのはやむを得ない。／不接受他的意見，也是不得已的。

上述句子無論用当然だ、無理もない還是用やむを得ない意思都相同，只是程度不同；用やむを得ない的語氣最輕；而用無理もない則是處於中間的程度。

3 屬性形容詞的用法與特點

為了更清楚地和感情形容詞進行對比，在這裡作一簡單的介紹。

1 屬性形容詞作述語時，既可以構成單句，用「Aは～」；也可以用「AはBが～」這一形式構成總主語句，這時的B一般認為是小句子的主語。

○富士山は高い。／富士山很高。

○揚子江は長い。／長江很長。

○桜が美しい。／櫻花很美麗。

○銀座は賑やかだ。／銀座很熱鬧。

○象は鼻が長い。／象的鼻子很長。

○熊は力が強い。／熊的力氣很大。

○李さんは背が高い。／李先生的個子很高大。

○于さんは頭がいい。／小于很聰明。

上述句子的前面四句是單句；後四句是總主語句，其中鼻が、力が、背が、頭が是小句子的主語。

2 屬性形容詞作述語時，它的主語既可以是物，也可以是人。例如：

○雪は白い。／雪很白。

○冬は寒い。／冬天很冷。

○田舎は静かだ。／鄉下很安靜。

○交通は便利だ。／交通很方便。

○河上先生は偉い。／河上老師很偉大。

○あの人は熱心だ。／他很熱心。

○彼はとても親切だ。／他很親切。

○おじいさんはなかなか達者だ。／爺爺很健康。

上述句子的前面四句主語是物；後面主語是人。

3 屬性形容詞作述語，它的主語是人時，不受人稱的限制，即第一、二、三人稱都可以用同一個形容詞，用同一個時態，同一個表現方式。例如：

○私は背が高い。／我的個子高。

○君も背が高い。／你個子也很高。

○彼も背が高い。／他個子也很高。

○私は台湾の地理に詳しい。／我很熟悉台灣的地理。

○君は台湾の歴史に詳しいね。／你好了解台灣的歷史喔！

○李先生は日本事情に詳しい。／李老師很熟悉日本的情況。

4 屬除個別外，一般屬性形容詞不能後續接尾語「～がる」。

×詳しがる　×明るがる

×熱心がる　×立派がる

總之，屬性形容詞使用時沒有更多的限制。

4 特殊用法的屬性形容詞——多い、少ない

1 什麼是特殊用法的屬性形容詞

多い、少ない都是屬性形容詞，但它們和一般的屬性形容詞不同，因此稱之為特殊用法的形容詞。

一般的屬性形容詞都可以作述語用，也可以作連體修飾語用。例如：

○日本では富士山が一番高い。／在日本富士山最高。

○日本で一番高い山は富士山だ。／在日本最高的山是富士山。

○東京では銀座が一番賑やかだ。／在東京銀座最熱鬧。

○東京で一番賑やかな所は銀座だ。／在東京最熱鬧的地方是銀座。

上述句子中的高い、賑やか（だ）既可以作述語，也可以作連體修飾語用。但**多い**、**少ない**卻不同，它們只能作句子的述語用，而很少能作連體修飾語來用。例如：

○図書館では本を読む人が多い。／在圖書館看書的人很多。

×多い（○多くの）人が図書館で本を読んでいる。

○この都会では二十階以上の建物が多い。／這個城市裡，有許多二十層以上高樓。

×この都会では多い（○多くの）建物は二十階以上だ。

○父は働いているが、賃金は少ない。／我父親雖然在工作，但薪水很少。

×父は少ない（○わずかな）賃金のために命を磨り減らしている。

　父親為了微薄的薪水拼了命地工作。

○あの図書館には本が少ない。／那個圖書館的藏書很少。

×あの図書館には少ない（○わずかな）本しかない。

另外，**近い**、**遠い**也偏這類特殊用法的形容詞，它們可以作述語來用，但很少作連體修飾語來用。例如：

○家から食堂までは近い。／從家裡到餐廳很近。

×近い（○近くの）食堂で食事をする。

○家からデパートまでは遠い。／從家到百貨公司很遠。

×遠い（○遠くの）デパートまで買い物に行った。

從上述幾個例子中可以知道：多い、少ない、近い、遠い是不能在上述句子中作連體修飾語的。作連體修飾語時，分別要換用多くの、わずかな、近くの、遠くの。

2 「多い」、「少ない」等可作連體修飾語的場合

在上面談到了多い、少ない很少作連體修飾語，但也不是完全不用，在下面這種情況下，還是可以作連體修飾語的。

1 當某一個小句子作連體修飾語時，「多い」、「少ない」是這個小句子的述語，用來修飾下面的體言。這時可以用「多い」、「少ない」例如：

○その都会では高い建物が多い。／在那個城市裡高樓大廈很多。

○それは高い建物の多い都会だ。／那是個高樓大廈很多的城市。

○日本は島が多い。／日本島嶼多。

○日本は島が多い国だ。／日本是一個多島嶼的國家。

○彼の作文には間違いが少ない。／他的作文很少有錯。

○それは間違いの少ない作文だ。／那是一篇錯誤很少的作文。

○沙漠地帯だから、雨が少ない。／那是沙漠地帶所以雨水少。

○それは雨の少ない沙漠地帯だ。／那是雨量少的沙漠地帶。

上述句子中的高い建物の多い都会だ、島の多い国だ的多い分別是高い建物、島的述語，這樣在形式上就成了下面體言的修飾語；而間違いの少ない作文だ、雨の少ない沙漠地帯だ中的少ない分別是間違い、雨的述語，這樣少ない也就可以修飾體言了。

近い、遠い也可以這樣作連體修飾語。

○二人は考え方が近い。／兩個人的想法接近。

○考え方の近い二人はとうとう友達になった。／想法接近的兩個人終於成了朋友。

○おじいさんは耳が遠い。／爺爺耳朵重聽。

○彼は耳の遠い人だから、よく聞こえなかった。

他耳朵重聽，常常沒辦法聽得很清楚。

上述第二、四句子裡的近い、遠い分別是考え方、耳的述語，因此作了二人、人的連體修飾語。

2「多い」、「少ない」是表示數目多少的，因此可以說：

○数が多い。／數目多。

○数が少ない。／數目少。

這樣用**数が多い**、**数が少ない**也可以作連體修飾語。例如：

○数が少ない店員で能率的経営をやっている。／少少的店員有效率得經營著店舖。

有時候將**数**が省略掉，而單獨用**多い**、**少ない**作連體修飾語來用。

○三つの中で（数の）多い方を取ってください。／在三個之中，請你拿較多的那個！

○昼でさえ少ないバスが夜になると一時間たっても来なかった。

白天班次都很少的公車，到晚上一個小時也等不到一班。

3 作為連體修飾語所修飾的是形式名詞，如：「とき」、「場合」、「こと」、「の」等時，多用「多い」、「少ない」。例如：

○多い時は、売り上げは一億円にもなる。／銷售額多的時候可以達到一億日元。

在修飾形式名詞時，也可以用遠い、近い作連體修飾語。例如：

○近い所だから、歩いて行きましょう。／是一個很近的地方，我們走路去吧！

○遠い所をおいでくださってありがとうございます。

您從那麼遠的地方過來，謝謝您了。

5 表示屬性形容詞程度的接頭語——薄（うす）～、真（ま）～

從一般形容詞本身，往往是看不出它們的程度的，但接用了一定的接頭語，則可以表示了這一形容詞的程度。常用這樣的接頭語有薄（うす）～、真（ま）～

1 「薄（うす）～」、「真（ま）～」的用法

1「薄（うす）～」用在形容詞、形容動詞前，表示「稍稍地…」、「微微地」、「多少」。

薄汚（うすぎたな）い／有點髒　　薄暗（うすぐら）い／微暗的

薄気味悪（うすきみわる）い／多少有點毛毛的

看一看它們與一般屬性形容詞的關係。

1 薄汚い・汚い／稍髒一些・髒

○だらしない人だから、いつもあんな薄汚い服を着ている。

他就是那麼邋遢，經常穿著那樣髒髒的衣服。

○母がいないから、服が汚くなっても着替えようとしない。

媽媽不在衣服髒了也不想換。

2 薄気味悪い・気味悪い／多少有點毛毛的。

○蛇が頭をもたげ、本当に気味悪い。／蛇抬起頭，真讓人發毛。

2「真～」它有時讀作ま、まっ，有時讀作まん，用在形容詞、形容動詞前面，表示最高的程度。例如：

真新しい／嶄新的　　真四角（だ）／四四方方的

真ん丸い／圓圓的　　真正直（だ）／很老實

看一看一般屬性形容詞與它們的關係。

1 新しい・真新しい／新的・嶄新的

○入学の日には子供たちはみな新しい制服を着てやって来た。

開學的那一天，孩子們都穿著新制服到學校來了。

○真新しい服に皮靴を履いている。／大家都穿著嶄新的衣服和皮鞋。

2 四角・真四角／四方的・四四方方的

○四角い顔には微笑が浮んでいる。／在那方方的臉上露出了笑容。

○その真四角な顔はとても怖かった。／那四四方方的臉孔，讓人看了害怕。

3 丸い・真ん丸い／圓的・圓圓的

○地球は丸い形をしている。／地球是圓的。

○今晩は中秋節で、月は真ん丸いのだ。／今晚是中秋節，月亮圓圓的。

4 正直・真正直／誠實的・非常誠實的

○彼は正直な人で、人を騙すことはない。／他是個非常誠實的人，不會騙人的。

○彼は真正直な人で、嘘を付いたことはない。

他是個非常誠實的人，從沒有說過謊。

接頭語**真**用在形容詞、形容動詞的前面，就表示某一狀態程度之高。

② 顏色、光線程度的表現方式

薄～、真～用於顏色或光線方面，可以完全表達出顏色、光線的程度。例如：

薄赤い・赤い・真っ赤（だ）／淺紅・紅色・鮮紅（通紅）

薄青い・青い・真っ青（だ）／淺藍・藍色・深藍

薄黒い・黒い・真っ黒（だ）／淺黑・黑色・烏黑

薄白い・白い・真っ白（だ）／發白的・白的・雪白的

薄暗い・暗い・真っ暗（だ）／微暗的・暗的・漆黑的

薄明るい・明るい・——／微亮的・亮・——

要注意的是：這些表示顏色、光線的詞，都是形容詞；有薄～接頭語的詞也是形容詞；但接有真～的詞則全部為形容動詞。下面看一看它們的用法：

(一) 薄赤い・赤い・真っ赤（だ）

○彼は酒を飲むと、すぐ顔が薄赤くなる。／他一喝酒，臉就會紅了起來。

○恥ずかしい顔が赤くなった。／（他）羞得滿臉通紅。

(二) 薄青い・青い・真っ青（だ）

○彼は真っ赤になって怒った。／他氣得滿臉通紅。

○夏になると、女学生達はみんな薄青い制服に着替える。

一到夏天，女學生們都換上淺藍色制服。

○怒って顔が青くなった。／氣得臉都白了。

○驚いて顔が真っ青になった。／嚇得臉都慘白了。

(三) 薄黒い・黒い・真っ黒（だ）

○一日の海水浴で顔が薄黒くなった。

在海邊待了一整天臉曬黑了一點。

○二週間の海水浴で、顔が日に焼けて黒くなった。

在海邊曬了兩週，臉就曬黑了。

○炭坑から出て来る労働者はみな真っ黒な顔をしている。

從礦坑裡出來的工人，臉都是黑黑的。

(四)

薄白い・白い・真っ白（だ）

○雪が止んでから、その山々の上方だけが薄白くなった。
雪停了以後，群山的山頂都鋪上了薄薄的白雪。

○雪が降ると、辺りの高い山が白くなる。
一下雪，附近的高山就灑上一層雪白。

○富士山がその真っ白な頭を現して夕映の中でくっきり光っていた。
富士山露出雪白的山頭，在晚霞中閃閃發光。

(五)

薄暗い・暗い・真っ暗（だ）

○部屋の中は薄暗くてはっきり見えない。／房間裡有點黑看不太清楚。

○部屋の中は暗くて何も見えない。／房間裡很黑，什麼也看不見。

○部屋の中は真っ暗で、手を伸すと指も見えない。
房間裡漆黑一片，伸手不見五指。

（六）薄明るい・明るい

○東の空が薄明るくなった頃、一行は村を出た。

東方發白的時候，我們一行人走出了村子。

○南向きの部屋だから明るい。／南向的房間日照充足。

總之，接頭語**薄**～、**真**～用在形容詞前面，可以表示形容詞的程度。

第五章 評價形容詞

如前所述，形容詞從意義上進行分類，可分為感情形容詞、屬性形容詞、評價形容詞，前兩章介紹了感情形容詞、屬性形容詞，本章介紹評價形容詞。

1 什麼是評價形容詞

日本語言學家西尼寅彌教授在**形容詞の意味用法の記述的研究**中，將具有評價含義的形容詞劃歸為屬性形容詞，並且在屬性形容詞中提出了形容詞的評價問題，同時舉出了**長い**與**長たらしい**的例子，指出**長たらしい**這一形容詞本身就含有評價的意思。而另一位日本的語言學家寺村秀夫教授明確地提出了**品定めの形容詞**這一稱呼，本書採納了寺村教授的說法，為了說明方便將它譯作**評價形容詞**。

評價形容詞是說話者從主觀上對客觀事物（包括客觀存在的人）的性質、狀態評價的形容詞，即對客觀事物進行褒貶的詞，因此有些詞含有褒意，有些詞則含有貶義。例如：

○長い演説／長的演講

○長たらしい演説／冗長的演講

長（なが）い是一般的屬性形容詞，不含褒貶；而長（なが）たらしい則是含有貶義的形容詞。又例如：

○良（よ）い考（かんが）え／好的想法

○素晴（すば）らしい考（かんが）え／非常棒的想法

良（よ）い是一般的屬性形容詞，只是客觀的敘述；而素晴（すば）らしい則是評價形容詞，含有主觀評價，表示非常好、優秀的。

2 評價形容詞的分類

關於評價形容詞的分類有下面兩種分類方法：

1 從褒貶含義進行的分類

(一) 含有褒義的形容詞

與貶義形容詞比較起來，這類形容詞數目較少。例如：

好(この)ましい／值得讚許的、令人滿意的、理想的

望(のぞ)ましい／所盼望的、值得歡迎的、理想的、可喜的

喜(よろこ)ばしい／可喜的、值得高興的、喜悅的

素晴(すば)らしい／極好的

願（ねが）わしい／所期望的、所祈求的、最好的

恭（うやうや）しい／恭恭敬敬的、畢恭畢敬的

瑞々（みずみず）しい／新鮮的、嬌嫩的、水靈靈的

愛（あい）らしい／可愛的

可愛（かわい）らしい／可愛的

奥（おく）ゆかしい／典雅的、文雅的、雅緻的

申（もう）し分（ぶん）（が）ない／無可挑剔的、很好的

(二) 含有貶義的形容詞

這類形容詞較多，由下面一些貶義接尾語、接頭語構成的形容詞都是貶義形容詞。

1 接尾語「～くさい」構成的形容詞

けちくさい／吝嗇的；簡陋的、寒酸的

面倒（めんどう）くさい／麻煩的

田舎（いなか）くさい／土裡土氣的

バターくさい／洋腔洋調的

古くさい／破舊的

馬鹿くさい／愚蠢的

陰気くさい／沉悶的、陰暗的

2 接尾語「～っぽい」構成的形容詞

安っぽい／不值錢的、沒質感的

黒っぽい／帶黑色的、發黑的、黑糊糊的

白っぽい／發白的、帶白色的

荒っぽい／粗野的

怒りっぽい／易怒的

子供っぽい／孩子氣的

3 接頭語「ばか～」、「くそ～」等構成的形容詞也都是貶義形容詞。例如：

ばか丁寧／過於鄭重的

ばか正直／過於正直的

くそ真面目／太過一本正經的

4由「～ない」構成的形容詞，大部分（不是全部）是貶義形容詞。例如：

呆気(あっけ)ない／簡單的，短促的、未盡興的

だらしない／不整齊的、散漫的、邋遢的

情(なさけ)ない／無情的、太不講情面的；不好看的、沒出息的、可憐的、悲慘的

面目(めんもく)ない／丟臉的

遣(や)る瀬(せ)ない／悶悶不樂的

腑甲斐(ふがい)ない／窩囊的、沒志氣的、令人洩氣的

くだらない／無價值的、無用的；無聊的

みっともない／難看的、不體面的

勿体(もったい)ない／不敢當的；可惜的

但下面幾個由～ない構成的形容詞則不是貶義詞。例如：

申(もう)し分(ぶん)（が）ない／無可挑剔的、很好的

造作(ぞうさ)ない／不太費工

あどけない／天真爛漫的

支障（ししょう）ない／沒有妨礙的

差（さ）し障（さわ）りない／沒有妨礙的、沒有關係

5其他的貶義詞

痛痛（いたいた）しい／可憐的、悲慘的、慘不忍睹的

もどかしい／令人著急的、令人不耐煩的

馬鹿（ばか）らしい／非常愚蠢的、非常無聊的

くどくどしい／囉囉嗦嗦的

憎（にく）らしい／可恨的

荒荒（あらあら）しい／粗野的、粗暴的、粗魯的

けたたましい／刺耳的、擾人的

物騒（ものさわ）がしい／吵鬧的、嘈雜的

喧（やかま）しい／吵鬧的、嘈雜的；嚴格的、挑剔的

2 從適用對象進行的分類

（一）對事物進行評價的形容詞。常用的有：

好（この）ましい／可喜的、理想的、令人滿意的

望（のぞ）ましい／理想的、可喜的

喜（よろこ）ばしい／值得高興的、喜悅的

面倒（めんどう）くさい／非常麻煩的、費事的

痛痛（いたいた）しい／很可憐的、悲慘的、慘不忍睹的

痛（いた）ましい／可憐的、悲慘的、慘不忍睹的

もどかしい／令人著急的、令人不耐煩的

馬鹿馬鹿（ばかばか）しい／非常愚蠢的、非常無聊的

馬鹿（ばか）らしい／愚蠢的、無聊的

腹立（はらだ）たしい／令人生氣的、惱火的

物凄（ものすご）い／令人害怕的；驚人的、厲害的

荒荒しい／粗野的、粗暴的

奥ゆかしい／典雅的、優雅的、雅緻的

下面看一看它們的用法：

1　好ましい／可喜的、理想的，令人滿意的，值得讚揚的

○僕には彼の態度が好ましい。／我覺得他的態度是值得讚揚的。

○いくら催促しても好ましい返事が得られなかった。

無論怎麼催促，也沒有得到令人滿意的答覆。

○これは決して好ましい事ではないが、やむを得ない。

這絕不是我樂見的，但也是不得已的。

2　望ましい／所盼望的、值得歡迎的、可喜的

○みんなで協力してやる事が望ましい。／歡迎大家一起來幫忙。

○何か疑問があったら、ろくに考えせずに聞くのは望ましい事ではない。

遇到了什麼問題，想也不想就直接去問人，這種作法是不好的。

○今度の会談は望ましい進展を遂げた。／這次會談有了理想的進展。

3 喜ばしい／喜悅的、可喜的、值得高興的

○平穏無事で何よりも喜ばしい。／你平安無事，這是最令人高興的。

○あなたがそんなに立派な成功を遂げたのは誠に喜ばしい事です。

你有這樣的成就真的非常令人開心。

○こんな喜ばしい事はない。／再沒有比這更令人高興的了。

4 面倒くさい／非常麻煩的、很費事的

○この仕事はなんて面倒くさいのだろう。／這工作怎麼這麼麻煩啊！

○わざわざ出掛けていくのも面倒くさい。／專程去也太麻煩了。

5 痛痛しい、痛ましい／可憐的、悲慘的、慘不忍睹的、沉痛的

○見るも痛痛しい（○痛ましい）。／慘不忍睹的。

○思い出すも痛痛しい（○痛ましい）。／回想起來還是覺得隱隱作痛。

6 もどかしい／令人著急的，令人不耐煩的

○時の経つのがもどかしい。／時間的流逝快得令人著急。

○あののろまぶりは全くもどかしい。／看他那慢吞吞的樣子，真令人著急。

7 馬鹿馬鹿しい、馬鹿らしい／非常愚蠢的、非常無聊的、毫無價值的

○骨を折って叱られるとは馬鹿馬鹿しい（○馬鹿らしい）。

吃力不討好，真是愚蠢至極。

○馬鹿馬鹿しい（○馬鹿らしい）ことをいうな。／不要說那種無聊的話。

8 腹立たしい／令人生氣的，惱火的

○彼の話しぶりはどうも腹立たしい。／他講話的那樣子，真讓人生氣。

○腹立たしそうな顔をしてそっぽを向いた。／他惱火得把臉別過一旁。

(二) 對人（包括人的行為言語）進行評價的形容詞。常用的有：

恭しい／恭恭敬敬的

くどくどしい／囉囉嗦嗦的

だらしない／不整齊的、散漫的、邋遢的

勇ましい／勇敢的

しおらしい／老實的、可愛的

怒りっぽい／易怒的

看一看它們的用法：

1 恭(うやうや)しい／恭恭敬敬的，畢恭畢敬的

○彼(かれ)の態度(たいど)が恭(うやうや)しかった。／他的態度很恭敬。

○彼(かれ)は恭(うやうや)しく線香(せんこう)を炊(た)いた。／他恭恭敬敬地點上了香。

2 くどくどしい／囉囉嗦嗦的

○話(はなし)がくどくどしい。／囉囉嗦嗦的。

○解説(かいせつ)がくどくどしてみな飽(あ)きてしまった。／說明講得囉囉嗦嗦的，大家都聽得很膩。

3 だらしない／不整齊的、散漫的、邋遢的、沒出息的

○彼(かれ)の生活(せいかつ)はだらしない。／他的生活散漫。

○こんな事(こと)もできないとはだらしない。／這點事都做不了，真沒出息。

4 勇(いさ)ましい／勇敢的

○戦士達(せんしたち)は勇(いさ)ましかった。／戰士們都很勇敢。

○みんなは勇(いさ)ましく戦(たたか)った。／大家勇敢地戰鬥。

5 怒(おこ)りっぽい／易怒的

○あの人は怒りっぽい。／他很愛生氣。

○おじいさんは怒りっぽい老人だ。／爺爺是個易怒的老人。

6 しおらしい／老實的、可愛的

○本当にしおらしい子供だ。／真是個可愛的孩子。

○しおらしく言う事を聞く。／他老老實實地聽著。

也有些評價形容詞既可以用於事物，也可以用於人。例如：

申し分（が）ない／很好的、無可挑剔的、十全十美的

愛らしい／可愛的

みずみずしい／新鮮的、嬌嫩的、水靈靈的

怪しい／可疑的、不妙的；靠不住的

憎らしい／可恨的、恨

安っぽい／不值錢的、便宜的；沒質感的

看一看它們的用法：

1 申し分（が）ない／很好的、無可挑剔的、十全十美的

○品質の点は申し分がない。／在品質方面是無可挑剔的。

○もし彼にこの欠点がなかったら、申し分がない。

如果他沒有這個缺點，那就是十全十美了。

2 愛らしい／可愛的

○それは愛らしい花だ。／那真是可愛的花。

○それは愛らしい顔つきをしている子供だ。／那是一個長得很可愛的孩子。

3 みずみずしい／新鮮的、嬌嫩的、水靈靈的

○みずみずしい若葉／綠油油的嫩葉

○みずみずしい乙女／水嫩嫩的少女

4 怪しい／可疑的；不妙、靠不住、沒有把握

○雲行きがあやしい。／情況不妙。

○彼が来るかどうかあやしい。／不確定他是不是會來。

○彼の日本語は怪しいものです。／他的日語靠不住。

○彼は別に怪しい者ではありません。／他並不是可疑的人。

5 憎らしい／可恨、可憎、恨

○日曜日なのに朝から雨が降っている。なんという憎らしい天気だろう。

星期天從早上就下起雨來，多麼討厭的天氣啊！

○憎らしいやつだ。／可恨的人。

(三) 對聲音進行評價的形容詞。常用的有：

けたたましい／刺耳的、吵人的、喧囂的

騒騒しい／吵鬧、喧囂；不穩定

騒がしい／吵鬧、喧囂；不穩定

另外還有：

喧しい／吵鬧；嚴格

うるさい／吵鬧；麻煩；囉嗦、嚴格

它們不僅用於聲音，還用於對於事物、人的評價。

下面看一看它們的用法：

1 けたたましい／刺耳的、吵人的、喧囂的。

○急にけたたましい叫び声が聞こえてきた。／突然傳來了刺耳的尖叫聲。

○けたたましく電話のベルが鳴った。／電話鈴聲刺耳地響了起來。

○けたたましくドアを叩く音がした。／傳來了吵人的敲門聲。

2 騒がしい・騒騒しい／吵鬧、喧囂；不穩定，不安定

○テレビやラジオの音が騒騒しくて勉強ができない。

電視機、收音機的聲音吵鬧得讓人讀不下書。

○騒騒しい（○騒がしい）町の騒音を取り締まる必要がある。

取締街上喧鬧的噪音是有必要的。

○両国関係が悪くなって世の中が騒騒しく（○騒がしく）なってきた。

兩國關係惡化了，社會變得不安起來。

○憲法の改正問題で世の中が騒がしい。／由於修改憲法的關係，社會變得不安起來。

3 喧しい／吵鬧；嚴格；講究

○話し声が喧しい。／談話聲很吵。

○通りは電車や自動車の音で喧しい。／大街上電車、汽車的聲音非常吵鬧。

○あの先生は発音に喧しい。／那位老師對發音要求特別嚴格。

○彼は食べ物にとても喧しい。／他對吃的東西很講究。

4うるさい／吵、吵鬧；麻煩；討厭；嚴格

○話し声がうるさくて勉強できない。／講話聲音吵得我無法讀書。

○飛行機の爆音がうるさい。／飛機起飛的聲音很吵。

○またうるさい事が起こった。／又發生了麻煩事情。

○問題がうるさくなった。／問題變得麻煩起來了。

○母は何も言わないが、父がうるさい。／母親什麼都不管，但父親很嚴格。

○小言ばかり言って本当にうるさい老人だ。／老是嘮嘮叨叨，真是個討厭的老頭。

評價形容詞還有很多，在此只是做為例句舉出一小部分做為參考而已。

3 評價形容詞的用法特點

它們在表示事物的性質、狀態這一點上，除了含有褒貶評價的語氣之外，大致上與屬性形容詞用法相同。值得注意的有下面幾點：

1 評價形容詞的主語問題

（1）評價形容詞作主語，這一形容詞如果是表示對事物進行評價時，它的主語也只能是某種事物。

儘管它含有「令人感到如何如何」的意思，但也不能用某一個人作主語。

○この知らせは本当に喜ばしい。／這個消息真讓人高興。

○早めに準備する事が望ましい。／早一點作準備是比較理想的。

○この小説は本当に馬鹿馬鹿しい。／這本小說真是胡扯。

○痩せ腕で一家を支えている有様はいかにも痛々しい。

一個人支撐著一家的生活，那種情況真是令人心酸。

上述作述語的評價形容詞，含有說話者自己的看法，但它們不能在句子前面用總主語**私**或**彼**等的，因此下面的句子是不通的。

×私は早めに準備する事が望ましい。

×私はその話しぶりが腹立たしい。

用於聲音的評價形容詞，它們作述語時，主語也只能是某種聲音。例如：

○電話のベルがけたたましい。／電話鈴聲很刺耳。

○話し声が喧しい。／講話聲吵得很。

○機械の音が騒騒しい。／機器的聲音吵得很。

○憲法改正問題で騒がしい。／由於修改憲法的問題，鬧得沸沸揚揚。

它們也是不能用某一個人來作總主語的。例如：

×私は機械の音が騒騒しい。

當然像**喧**しい這樣的形容詞，是可以用人作主語的，這時表示**嚴**、**嚴厲**。例如：

○警察が喧しい。／警察抓得很嚴。

（2）**如果述語是表示對人（包括人的行動、語言）的評價形容詞時，它的主語當然可以是人或人的語言、行動。**

但這時的評價形容詞是表示主語這個人的屬性。例如：

○あの人は本当にだらしない。／他真不像話。

○先生として内山先生は申し分がない。

以一個老師的角度來看，內山先生真是無可挑剔。

○あの子は本当に愛らしい。／那孩子真可愛。

○本当憎らしいやつだ。／真是個可恨的傢伙。

○あいつは怪しい。／那個人很可疑。

上述句子裡的形容詞都是對人進行評價的形容詞。因此它們的主語可以用人。

當然其中的**愛**らしい、**申**し**分**がない、**憎**らしい、**怪**しい等，還可以用來對事物進行評價，因此可以用**事物**作主語。

2 評價形容詞構成的句子

一般屬性形容詞作述語時，可以用Ａは～構成單句；也可以用ＡはＢが～形式，構成總主語句。例如：

○パンダがかわいい。／貓熊很可愛。
○富士山(ふじさん)が高(たか)い。／富士山很高。
○象(ぞう)は鼻(はな)が長(なが)い。／大象的鼻子很長。
○熊(くま)は力(ちから)が強(つよ)い。／熊的力氣很大。
○李(り)さんは背(せ)が高(たか)い。／李先生的個子很高。

感情形容詞作述語時，可以用Ａは～構成單句，也可以用ＡはＢが～構成總主語句。例如：

○私(わたし)は嬉(うれ)しい。／我很高興。
○私(わたし)は眠(ねむ)い。／我很睏。
○私(わたし)は腹(はら)が痛(いた)い。／我肚子很痛。

○私は刺身が嫌だ。／我不喜歡吃生魚片。

但評價形容詞構成的句子，則和屬性形容詞、感情形容詞不同；一般只能構成Ａは～形式的句子。例如：

○この仕事は面倒くさい。／這件事很麻煩。

○それは誠に喜ばしい。／那真讓人高興。

○彼の成功は疑わしい。／他的成功令人感到懷疑。

但評價形容詞不能像屬性形容詞、感情形容詞那樣構成ＡはＢが～之類的總主語形式的句子。因此下面的句子是不通的。

×私はその仕事が面倒くさい。

×私はその知らせが喜ばしい。

×私は彼の成功が疑わしい。

如果勉強用一個人作主語時，則要用：

○私にはその仕事が面倒くさい。／對我來說，那件事太麻煩。

○私にとっては、その知らせが喜ばしい。／對我來說，那個消息很令人開心。

○私には彼の成功が疑わしい。／對我來說，他的成功是可疑的。

但這裡所說的單句Aは～，只是指某一事物、某一個人的某一狀態，也可以是Bがする Aは～這樣較複雜的句子。例如：

○私の（が）する仕事は面倒くさい。／我的工作很麻煩。

○彼の（が）もたらした知らせは喜ばしい。／他帶來的消息令人高興。

○彼が収めた成功は疑わしい。／他取得的成功是值得懷疑的。

因此，評價形容詞構成的Aは～形式的句子，也可能是像上述這樣Bがする Aは～形式的句子。

3 評價形容詞與「がる」

它和屬性形容詞一樣，不能在形容詞下面接接尾語～がる。例如：

×勇しがる

×愛らしがる

×喜ばしがる

4 評價形容詞與其他形容詞的關係

我們搞清楚了形容詞的褒貶含義，就可以更清楚地理解及使用一些單字，以下面的例句看一看意義相近的形容詞彼此之間的關係。

(一) かわいい、かわいらしい

兩詞意義相同，都表示可愛，但使用的情況並不相同。

○あの子がかわいい。／那個孩子很可愛。

×あの子がかわいらしい。／那個孩子很可愛。

上述句子裡的かわいい、かわいらしい有什麼不同呢？かわいい是感情形容詞，而かわいらしい是評價形容詞，含有褒義。這樣兩個詞的用法出現了不同。

1 「かわいい」可以用「AはBが～」；而「かわいらしい」則不能用「AはBが～」。

○私はあの子がかわいくてたまらない。／我愛那個孩子愛得不得了。

×私はあの子がかわいらしくてたまらない。

2「かわいい」可以後續「～がる」，而「かわいらしい」則不能用「かわいらしがる」。例如：

○子供をかわいがらない親はいない。／沒有父母不愛自己的孩子。

×子供をかわいらしがらない親はない。

最後一句中的かわいらしがらない是不說的。

(二) 長い、長たらしい

兩個詞都表示長い，但使用的情況不同：

長い是屬性形容詞，表示客觀事物的性質、狀態。因此在表示具體東西的長，或表示某一時間長時間，一般用長い，而不用長たらしい。例如：

○長い（×長たらしい）鉛筆、糸、川、道／長鉛筆、長線、長長的河、長長的道路

○長い（×長たらしい）間、年月／長時間、好多年

長たらしい是評價形容詞，含有貶義，它是不能用於上述句子裡的，一般多用來講較長的

談話、演講，或長篇幅的文章，含有冗長令人生厭的意思。當然這時也可以用長い。例如：

○長たらしい話、挨拶、文章／冗長的（又臭又長的）談話、寒暄、文章。

○長い話、挨拶、文章／長的談話、長的寒暄、長的文章。

前一句用了長たらしい含有冗長的、令人討厭的語氣，因此可譯作又臭又長的；而後一句用了長い只是客觀的敘述，不含褒貶。

但是如果有了前後文的關係，則只能使用其中之一。例如：

○話が少し長い（×長たらしい）が、非常に面白い。／話雖然長了些，但很有趣。

○長たらしい（×長い）話なので、みんなはうんざりした。

因為是又臭又長的故事，所以大家都不耐煩了。

前一句，由於述語是非常に面白い，因此前面用了長い，如果用長たらしい則與述語產生矛盾；後一句述語用了うんざりした，因此前面用了話が長たらしい，前後才協調，如果用了長い則不夠到位。

(三) 真面目、くそ真面目

兩個詞雖都含有**認真**的意思，但含義並不完全相同。

真面目是屬性形容詞，含有褒義；而くそ真面目則是評價形容詞，含有貶義。例如：

○彼は非常に真面目だ。／他很認真。

○彼はくそ真面目だ。／他太認真了。

這兩個句子形式相同，但語氣不同，用**真面目**時含有褒義，講他這個人很認真；而用**くそ真面目**時則含有貶義，講他過於認真不太好。因此在有前後關係的句子中，要考慮它們的褒貶含義，使用其中之一。例如：

○彼はとても真面目で（×くそ真面目で）、いい加減に仕事をする事はない。

他非常認真，工作不會馬馬虎虎的。

○彼はくそ真面目（×真面目で）面白くない。／那個人太認真了，令人感到彆扭。

前一句如果用了**くそ真面目**則含有貶義，和述語いい**加減に仕事をする事**はない連結不起來；後一句如果用了**真面目**，則是一般敘述，不含褒貶，這樣和後面的**面白く**ない也矛盾。

(四) 高い、ばか高い

兩個詞都表示高，但語氣不同，高い是一般的屬性形容詞，而ばか高い則是評價形容詞，帶有貶義，包含有高得過頭的意思。例如：

○夫は背が高くて（?ばか高くて）スマートな体つきをしている。

我老公是個高個兒，身材很好。

○夫の方は背がばか高くて（?高くて）奥さんとは釣り合わない。

老公個頭太高，和妻子不相配。

前一個句子如果換用了ばか高い則和スマートな体つき搭配相矛盾；後一句如果用了高くて則顯得語氣不夠。又例如：

○給料が多いから、物価が少し高くても（×ばか高くても）やっていける。

因為薪水高，即使物價稍微貴一點也可以生活下去。

○肉や魚などがばか高い（?高い）から、普通のサラリーマンには買えない。

肉和魚貴得誇張，普通的上班族是買不起的。

前一句如果用ばか高い則和少し相矛盾；後一句如果換用了高い則是一般的敘述，則無

法表現出講話人嫌魚、肉貴的感情，所以是不夠貼切的。

(五) 安い、安っぽい

兩個詞都表示東西低廉、便宜，但適用範圍不同，感情色彩也不同。

安い是一般的屬性形容詞，表示客觀存在的商品價格，各種費用低廉、便宜等，在下面這些場合只能用**安い**，而不好用**安っぽい**。

○物の値段が安い（×安っぽい）。／東西的價錢低廉。

○送料・運賃などが安い（×安っぽい）。／郵費、運費很便宜。

表示某種東西，如衣服、鞋子等**低廉便宜**時，既可以用**安い**，也可以用**安っぽい**，但安っぽい是評價形容詞含有貶義，帶有便宜沒好貨、粗製濫造的意思；若用**安い**則沒有這樣的意思。

○洋服のわりに靴が安っぽい。／西裝很高級但鞋子卻是便宜貨。

○洋服のわりに靴が安い。／西裝很貴，鞋子卻很便宜。

上述兩個句子都表示大致相同的意思，但前一句用了評價形容詞**安っぽい**，因此它帶有貶義；而後一句用了屬性形容詞**安い**，只是客觀的敘述。

另外安(やす)っぽい還可以用來形容人，表示人低級、庸俗。安(やす)い則不能用於人。例如：

○安(やす)っぽく見(み)られるのは当(あ)たり前(まえ)だ。いつもあんな下手(へた)なお世辞(せじ)を言(い)うのだから。

他被人瞧不起是很自然的，因為他總把一些無謂的奉承掛在嘴邊。

從以上幾個例句的說明中，我們可以知道如果掌握了感情形容詞、屬性形容詞以及評價形容詞它們之間的關係，便可以更精確地使用形容詞。

第八章

形容詞、形容動詞與其他詞語的關係

為了使我們的學習更深入一步，在本章會介紹一下形容詞、形容動詞與其他有關詞語的關係。

1 形容詞、形容動詞與助動詞

1 形容詞「ない」與助動詞「ない」

ない既可以作形容詞來用，也可以作助動詞來用，它們形態相同，都表示否定，但有什麼不同呢？下面就它們的差異作一點簡單的介紹：

(一) 兩者接續的關係不同

1 形容詞「ない」

如前所述，它可以單獨使用，或接在形容詞、形容動詞以及形容詞型助動詞たい、形容動詞型助動詞ようだ等的連用形下面，表示否定。例如：

○明日(あした)は運動会(うんどうかい)だから、授業(じゅぎょう)はない。／明天是運動會，所以沒有課。

○漢字はそれほど難しくない。／漢字並不那麼難。

○それを完成するのは容易ではない。／要完成那件工作並沒有那麼容易。

○そんな遠い所へは行きたくない／我不想到那麼遠的地方去。

○それは飲みにくい薬ではない。／那並不是難吃的藥。

○それは偽作のようではないね。／那好像不是假畫。

2助動詞「ない」　它不能單獨使用，一般接在動詞或動詞型助動詞（如れる、られる、せる、させる等）的未然形下面，表示否定。

○私は行かない。／我不去。

○彼は全然遊びに来ない。／他總是不來玩。

○李さんはちっとも運動しない。／李同學完全不運動。

○幸いに雨に降られなかった。／很幸運地沒有淋到雨。

○父は私に私立大学に入らせない。／父親不讓我進私立大學。

(二) 所接用言中間使用「は」、「も」的情況不同

用～くない、～でない或用動詞未然形時，它們的中間可以插入は、も來用，但使用的

情況不同。

1形容詞「ない」與所接的形容詞、形容動詞等中間，可以直接插入副助詞「は」、「も」以加強否定語氣。例如：

○その川はそう深くはない。／那條河並不那麼深。

○交通はあまり便利ではない。／交通並不太方便。

○野村先生は政治家ではない。／野村老師並不是政治家。

○あんな小説は読みたくない。／我不想看那樣的小說。

○文章は長くもないし、難しくもない。／文章既不長也不難。

○こんなものは嫌でもない。／並沒有不喜歡那東西。

2助動詞「ない」與所接的動詞等未然形之間用「は」、「も」時，與形容詞、形容動詞的情況不同。它們要用：

(1)動詞未然形はしない

(2)助動詞未然形はしない

(3)動詞未然形もしない

（4）助動詞未然形もしない

這樣來加強否定的語氣。例如：

○そんなつまらない小説は読みもしない。／那麼無聊的小說我連看都不想看。

○こんな片田舎にはいつまでも住んでいられはしない。

我不能老是住在這偏僻的鄉下。

○先生には褒められもしなかったし、叱られもしなかった。

既沒有受到老師表揚，也沒有被老師罵。

（三）與樣態助動詞「そうだ」的接續關係

1形容詞「ない」與樣態助動詞「そうだ」接在一起用時，一般用「～なさそうだ」、「～そうではない」而不用「～そうにない」、「～そうもない」或「～そうにもない」。例如：

○いくら探してもなさそうだ。／不管怎麼找，就是沒有的樣子。

○この菓子はあまりおいしくなさそうだ。／這個點心好像不怎麼好吃。

○この料理はあまりおいしそうではない。／這道菜好像不是很好吃。

○彼は叱られても、あまり恥ずかしくなさそうだ。／他挨了罵，也好像不覺得丟臉。

○彼は叱られても、あまり恥ずかしそうではない。／他挨了罵好像也不覺得丟臉。

2助動詞「ない」與樣態助動詞「そうだ」接在一起來用時，一般用「~そうにない」、「~そうもない」或用「~そうにもない」。例如：

○この様子では雨が降りそうもない。／這不像是要下雨的樣子。

○彼はあの会議に出そうもない。／他不像是要參加那個會議。

○彼は今日のうちに来られそうにない。／他今天好像不能來的樣子。

○今日のうちに仕上げられそうにもない。／今天好像是做不完。

○二三日のうちに帰れそうにもない。／這兩三天內好像回不來。

(四) 兩者表示中止或構成連用修飾語的表現形式

1形容詞「ない」　一般用~なくて（而不能用~ないで）表示中止或作連用修飾語用。例如：

○インフレもなくて失業もない。／既沒有通貨膨脹，也沒有失業。

○暇がなくて旅行に行けない。／沒有時間，不能去旅行。

○今度の試合で勝ったのは早稲田ではなくて慶応だった。

在這次比賽中，獲勝的不是早稻田，而是慶應。

2 助動詞「ない」　它不但可以用なくて，還可以用～ないで表示中止或作連用修飾語。

例如：

○様子が分からなくて困っている。／不知道情況怎麼樣很困擾。

○朝飯も食べないでやって来た。／沒有吃早餐就來了。

○日曜日も休まないで勉強する。／星期天也不休息地讀書。

○まだ用事があるから帰らないでください。／還有事，所以請不要回去！

(五) 兩者結束句子的情況

1 形容詞「ない」只能用「ない」結束句子，沒有其他的結束形式。

○私は暇がない。／我沒有閒功夫。

○あの料理はおいしくない。／那道菜不好吃。

○父は学者ではない。／我的父親不是學者。

2 助動詞「ない」除了用「～ない」結束句子以外，還可以用「～ないで」等結束句子，表示自己的否定希望或否定的請求。例如：

○遠(とお)い所(ところ)へ行(い)かないでね。／不要往遠的地方去！

○外来語(がいらいご)を平仮名(ひらがな)で書(か)かないでね。／不要用平假名寫外來語！

總之，形容詞ない與助動詞ない含義雖然相同，但接續關係、用法不盡相同。

2 形容詞性接尾語「らしい」與助動詞「らしい」

らしい既可以作接尾語來用，構成形容詞性連語；也可以作助動詞來用，兩者形態相同，但使用情況不同，含義不同。

(一) 兩者的含義不同：

1 接尾語「らしい」 一般接在名詞的下面，例如構成Bらしい，則表示具有B這一性質、樣式、風度等的人或物。例如：

○政治家(せいじか)らしい／有政治家風範

○学者(がくしゃ)らしい／像個學者的樣子

○男(おとこ)らしい／像個男子漢

○女(おんな)らしい／像個女人

2助動詞「らしい」　多接在用言下面，與~ようだ的意思相同，表示推量。可譯作中文的**像是…、好像…**等。例如：

○彼もハイキングに行きたいらしい。／他好像也想去郊遊。

○夕べ雨が降ったらしい。／昨晚好像下了雨。

○さっき来た人は記者であるらしい。

　剛才來的那個人好像是記者。

　有時也直接接在名詞下面，但這麼用時，是省了~である等詞語，因此有時相同的表現，有時表示不同的意思。

○いかにもスポーツマンらしい。（らしい為接尾語）／的確很有運動員的樣子。

○さっき来た人はスポーツマン（である）らしい（らしい為助動詞）

　剛才來的那個人好像是運動員。

○この町には病院らしい病院はない。（らしい為接尾語）

　這個鎮上沒有間像樣的醫院。

○あの山の麓にあるのは病院（である）らしい。（らしい為助動詞）

在那山腳下的好像是醫院

總之接尾語らしい表示**夠…樣子、有…的派頭**。而助動詞らしい則表示推量，含有**好像是…、像是…**的意思。

（二）兩者用法不同：

1 兩者的否定形式不同

接尾語らしい的否定形式要用～らしくない，表示不夠…的樣子、沒有…派頭等。而助動詞らしい的否定形式則要用～ないらしい，表示好像不是…。例如：

○あの人は学生らしくない。（らしい為接尾語）／他沒有個學生樣。

○あの人は学生ではないらしい。（らしい為助動詞）／那個人好像不是學生。

○このやり方は社長らしくない。（らしい為接尾語）／這作法不太像社長的作風。

○先帰ったのは野村会社の社長ではないらしい。（らしい為助動詞）

剛才回去的那位好像不是野村公司的社長。

2 可用的副詞不同

接尾語らしい構成的句子裡使用的副詞，經常是いかにも、本当に、見るからに等。

助動詞らしい構成的句子裡，使用的副詞一般用どうも、どうやら等。例如：

○本当に子供らしい。（らしい為接尾語）／真像個孩子。

○今来たのはどうやら内山先生の子供らしい。（らしい為助動詞）

剛才來的那個人好像是內山老師的小孩。

總之接尾らしい與助動詞らしい形態完全相同，但意思、用法完全不同，因此使用時應該注意。

3 形容詞、形容動詞與樣態助動詞「そうだ」

樣態助動詞そうだ除了接在動詞下面用以外，還可以接在形容詞、形容動詞下面，但它們的接續關係不同。

1 肯定形式的接續關係

そうだ接在動詞、動詞型助動詞（れる、られる、せる、させる）第二變化連用形下面，多表示眼前看到即將出現的某種情況。可譯作中文的要…。

○雨が降りそうだな。／眼看就要下雨了！

○崖が崩れそうだ。／眼看山崖就要塌下來了。

○犬が病気になって死にそうだ。／狗得了病，眼看就要死了。

○まだ悪くなっていない。食べられそうだ。／還沒有壞，好像還能吃。

○早く殺虫剤をやらないと、虫にやられそうだ。

再不快一點噴殺蟲劑，就要被蟲叮了。

但接在形容詞、形容動詞下面時，則要接在語幹下面（而不能接在連用形下面）表示所看到的樣子。可譯作中文的**像…**、**好像…**、**…似的**，或根據前後關係適當地譯成中文。

○まあ、おいしそうですね。私も食べたい。／哇！好像很好吃的樣子！我也想吃。

○子供たちはとても嬉しそうな様子をしている。／孩子們都好像很高興似的。

○健康そうな坊ちゃんですね。／真是健康的小寶寶啊！

○元気そうなお姿を拝見して安心しました。／看到你精神飽滿的樣子，我就放心了。

但接在**よい**、**ない**等一音節形容詞下面時，則要用**よさそう**、**なさそう**，而不說**よそう**、**なそう**。例如：

○今日は行かなくてもよさそうだ。／今天好像可以不用過去。

○あんな会議に出なくてもよさそうだ。／不參加那樣的會議，似乎也沒關係。

○おじいさんが日向の縁台に快よさそうに寝そべっている。

爺爺很舒適似地躺在向陽的長木凳上。

○いたる所を探してみたが、やはりなさそうだ。／找了好多地方，但好像都沒有。

2否定形式的接續關係

關於そうだ的否定形式，已在本章的P.202中作了介紹，這裡再簡單地作些說明。

動詞連用形そうだ的否定形式，一般用～そうにない、～そうもない、～そうにもない。例如：

○そう簡単には負けそうにない。／不像那麼容易就被打敗的樣子。

○道路が雪に包まれて車が通れそうにもない。

道路被雪掩埋了，車子似乎是過不去了。

個別時候用動詞なさそうだ。例如：

○そう簡単(かんたん)にはいかなさそうだ。／似乎不是那麼簡單。

形容詞、形容動詞そうだ的否定形式與動詞そうだ的否定形式不同，一般用~なさそうだ、~そうではない。但它們不能用~そうにない、~そうにもない。例如：

○どうもおいしくなさそうだ。／似乎不太好吃。

○雪(ゆき)が降(ふ)ったけれども、寒(さむ)くなさそうだ。／雖然下雪了，但似乎不怎麼冷。

○あんまり綺麗(きれい)でなさそうだ。／似乎不太乾淨。

○比(くら)べて見(み)て高(たか)そうではない。／比較起來，不像很貴的樣子。

○あんまり静(しず)かそうではない。／似乎不太安靜。

總之，樣態助動詞そうだ與動詞、形容詞、形容動詞的接續關係是不同的，很容易用錯，因此應該充分注意。

2 形容詞、形容動詞與常用助詞關係

這裡重點說明在一個句子裡形容詞、形容動詞相關的常用助詞用法。

1 表示主格的「が」與表示對象的「が」

1 表示主語的「が」

○桜が美しい。／櫻花很美麗。
○象は鼻が長い。／大象的鼻子很長。
○李さんは頭がよい。／李同學的腦筋很好。
○于さんは水泳が上手だ。／于先生很會游泳。
○孫さんはスケートが下手だ。／孫小姐很不會溜冰。

○行くがよろしい。／我比較希望你去。

○丈夫なのがよい。／堅固的比較好。

2 表示狀態對象的「が」

○母が恋しい。／我懷念母親。

○カメラが欲しい。／我想要一台相機。

○うどんが嫌だ。／我不喜歡吃烏龍麵。

○私は野球が好きだ。／我喜歡打棒球。

○李君は刺身が嫌いだ。／李小姐討厭吃生魚片。

上述句子有的結構相同，但在句子中的が，有的表示主語、有的表示對象。一般來說，屬性形容詞作述語時，它前面的が表示主語；感情形容詞作述語時，大多數情況下が表示對象；感覺形容詞作述語時，が一般表示主語。

○きりんは頸が長い。（長い為屬性形容詞，が表示主語）／長頸鹿的脖子很長。

○私は腰が痛い。（痛い為感覺形容，が表示主語）／我的腰很痛。

○私は水泳が好きだ。（好きだ為感情形容詞，が表示對象）／我喜歡游泳。

○私は母が懐かしい。（懐かしい為感情形容詞，が表示對象）／我懷念母親。

② 格助詞「が」與格助詞「に」

が與に是兩個意義用法不同的格助詞，在一般形容詞、形容動詞作述語的句子裡，用が與用に意思是不相同的，但也有個別的情況意思相同。下面看一看它們使用的情況。

1「が」表示所接的名詞是主語。

○彼は力が強い。／他力氣很大。

○李さんは歌が上手だ。／李小姐歌唱得很好。

2「に」表示對象，相當於中文的「對於…」、「對」。

○彼は日本事情に明るい。／他熟悉日本的情況。

○野村先生は国際問題に詳しい。／野村先生熟悉國際問題。

○内山先生は発音にやかましい。／內山先生對發音要求很嚴。

從上述說明可以知道：即使句子構造相似，但用が和用に兩者的意思是不同的。因此它們構成的句子，即使形式相似，意思也是不同的。例如：

○彼は人がいい。／他人很好。

○彼は人にいい。／他對人很好。

○体がいい。／身體很好。

○体にいい。／對身體很好。

○胃が悪い。／胃很不好。

○胃に悪い。／對胃很不好。

○彼の態度が冷たい。／他的態度很冷淡。

○彼の態度に冷たい。／對他的態度反應冷淡。

○帯が短かい。／帶子很短。

○帯に短かし、たすきに長し。／做帶子太短，做吊帶又太長。高不成，低不就。

3但也有些形容詞、形容動詞，它們構成的句子中，用「が」與用「に」語法關係雖然不同，但基本上意義還是相同的。形容詞中的「乏しい」、「篤い」、「近い」就是這樣的詞。例如：

○彼は経験が（○に）乏しい。／他缺乏經驗。

○彼は友情が（○に）篤い。／他很重友情。

○その工事は完成が（○に）近い。／那個工程接近完工。

在上述三個句子裡，用が還是用に意思大致相同，只是に是較文語的說法。

3 格助詞「より」與副助詞「ほど」

在用形容詞、形容動詞做述語的句子裡，用より構成的肯定句與用ほど構成的否定句意思大致相同，也就是AはBより肯定詞與BはAほど否定詞意思大致相同。例如：

○今日は昨日より寒い。／今天比昨天冷。

○昨日は今日ほど寒くなかった。／昨天沒有今天冷。

○台南は台北より暑い。／台南比台北熱。

○台北は台南ほど暑くない。／台北沒有台南熱。

○英語は日本語より難しい。／英語比日語難。

○日本語は英語ほど難しくない。／日語不像英語那麼難。

但這個用法只限於A和B是同一狀態的東西，如今天冷，昨天也冷；台南熱，台北也熱，才能使用。又例如A和B都是高山，則可以像下面這樣講，表示大致相同的意思。

○玉山は富士山より高い。／玉山比富士山高。

○富士山は玉山ほど高くない。／富士山沒有玉山那麼高。

又例如A和B都是重的東西，可以像下面這樣講：

○金は銀より重い。／黃金比白銀重。

○銀は金ほど重くない。／白銀沒有黃金重。

如果A是屬於大的範疇，而B是屬於小的範疇，可以用AはBより～；而不能用BはAほど～。例如：

○台湾は澎湖より大きい。／台灣比澎湖大。

但不能像下面這樣講：

×澎湖は台湾ほど大きくない。

因為澎湖是小島，台灣是一個國家，屬性不同所以不能這樣來講，如果要用**澎湖**作主語來講時則只能像下面這樣講。

○澎湖は台湾より小さい。／澎湖比台灣小。

再如下面這兩個句子，也是如此的，より跟ほど可以互換使用不影響其意義，因為ＡＢ兩者是處在同一狀態的地方。

○北海道は九州より寒い。／北海道比九州冷。

○九州は北海道ほど寒くない。／九州沒有北海道那麼冷。

而要用**九州**作主語來講時，則要像下面句子這樣來講。

○九州は北海道より暖かい。／九州比北海道暖和。

總之，A和B是屬於同一狀態的事物時，AはBより～、BはAほど～ない表示大致相圖的意思；但A和B不是屬於同一狀態的事物時，則不能用ほど來表達。

4 形容詞、形容動詞與接續動助詞「ながら」

ながら接在動詞、動詞型助動詞（れる、られる、せる、させる等）下面時，與接在形容詞、形容動詞下面時，兩者的接續關係不同，表示的意思也不完全相同。

(一)動詞、動詞型助動詞與「ながら」的關係

ながら接在動詞、動詞型助動詞的連用形下面，表示下面兩種意思：

1表示兩種動作同時進行。相當於中文的「一面…一面…」。例如：

○ご飯を食べながら本を読んでいる。／一面吃飯一面看書。

○友達と話しながら公園の中を散歩した。／和朋友一面講話，一面在公園裡散步。

2表示前後兩種事態不相適應。可譯作中文的「雖然…可是…」

○難しいと思いながら、努力を続けている。／雖然很難，但也不停地努力著。

○よくないと知りながら、平気でやっている。／雖然知道不好，但也毫不在乎地做著。

(二)形容詞、形容動詞與「ながら」的關係

ながら接在形容詞的第三變化終止形下面，或接在形容動詞語幹下面，只表示前後兩種事態不相適應。也可以譯作中文的**雖然…可是…**。例如：

○部屋は狭いながら、よく整頓してある。／房間雖小，但整理得井井有條。

○年は若いながら、なかなかしっかりしている。／他雖然年紀很輕，但很靠得住。

○李さんは体は小さいながら、なかなか力がある。

李小姐雖然個頭很小，但很有力氣。

○残念ながら、意味の分からないのが多い。／很遺憾還有許多不懂的地方。

它沒有接在動詞下面時表示**一面…一面…**的用法。

5 形容詞、形容動詞與副助詞「さえ」

無論動詞、動詞型助動詞，還是形容詞、形容動詞都可以構成～さえ～ば慣用型來用，但所構成的慣用型，它們的型態並不相同。

1 動詞

動詞型助動詞一般構成動詞連用型さえすれば～慣用型，表示只要…就…。例如：

○弟が帰りさえすれば、すぐ分かる。／只要弟弟回來，立刻就知道了。

○あなたがいさえすれば大丈夫だ。／只要你在，就沒有問題。

○この機械は一〇〇円玉を入れさえすれば動き出します。

這個機器只要投入一百元日幣，就會動了。

○肉を買って来てくれさえすれば、料理をこしらえてあげます。

只要你買肉來，我就做菜給你吃。

2 形容詞、形容動詞分別構成下列慣用型：「形容詞連用型（～く）さえあれば～」、「形容詞連用型（～で）さえあれば～」

值得注意的是：它們不用～すれば，而要用～あれば～。它們也相當於中文的「只要…就…」。例如：

○部屋は明くさえすれば、小さい字でも読める。

只要房間夠亮，小字也可以看得清楚。

○面白くさえあれば、どんな本でもよろしい。／只要內容精彩，什麼書都可以。

○品がよくさえあれば、少し高くても構わない。

只要品質好，稍微貴一些也沒有關係。

○健康でさえあれば何の心配もない。／只要身體健康，就沒有什麼可擔心的。

○丈夫でさえあれば、みんなに喜ばれる。／只要夠堅固，大家就滿意。

○静かでさえあればいい。／只要安靜就好。

3 形容詞、形容動詞與名詞的關係

1 形容詞的名詞用法

形容詞的名詞法，這一用法已在前面提到，一少部分形容詞連用型～く可以作名詞來用。如多く、近く、遠く、古く等都可以作名詞用。例如：

○多くの人々が集まった。／聚集了許多人。

○近くに商店街があるので買い物に便利だ。／附近有商店街，買東西很方便。

○これは古くから伝わってきた習慣だ。／這是從前流傳下來的習慣。

除此之外，形容詞還有下面這樣的名詞用法。

(一) 形容詞語幹作名詞

部分表示顏色的形容詞語幹可作名詞用。例如：

青い→青(名)　赤い→赤(名)　黄色い→黄色(名)

黒い→黒(名)　白い→白(名)

例如：

○青のスカート／藍裙子

○赤の信号／紅燈

○黄色のリボン／黄色緞帶

○対局ではやはり黒が強い。／在這盤棋中，還是黑子強。

○黒を白と言いくるめてはいけない。／不要混淆是非。

(二)表示顏色的形容詞與名詞的關係

如：青いスカート與青のスカート，兩者都講，但兩者有什麼不同呢？

1表示某種東西屬性的顏色時，一般用形容詞，而不用表示顏色的名詞。例如：

○熱があるので顔が赤い（×赤だ）。／因為發燒，所以臉紅。

○青い（×青の）空には白い（×白の）雲が漂っている。

蔚藍的天空中，飄著白雲。

○黒い（×黒の）服を着た弔問客が絶えなかった。

穿著黑色衣服前來弔唁的人絡繹不絕。

2特別指出某一顏色的東西，即特別強調某一顏色時，可用「形容詞語幹」來講，如下面句子都可以用「形容詞語幹」這一名詞。不過這時也可以用形容詞，表示這一東西的屬性。例如：

○「どんな色のスカートがいいですか。」「赤の（○赤い）スカートがいいです。」

「哪個顏色的裙子好呢？」「紅色的好。」

○「ちょっとそのセーターを見せてくれませんか。」「どのセーターですか。」「あの黒の（○黒い）セーターです。」

「請給我看一看那件毛衣。」「哪件毛衣？」「那件黑色的毛衣。」

○「三菱ビルはあのビルですよ。」「あの青の（○赤い）壁のビルですか。」

「三菱大樓就是那座大樓。」「是那座藍色牆面的大樓嗎？」

○「あなたはどんな色の靴下が好きですか。」

「私は白の（○白い）靴下が好きです。」

「你喜歡什麼顏色的襪子？」「我喜歡白色的。」

上述句子中的連體修飾語，既可以用**名詞の名詞**，也可以用**形容詞（い）名詞**。用**名詞の名詞**時，是特別提出某一顏色的東西，即在許多東西中特別指定某一顏色的東西；而用**形容詞（い）名詞**時，則是一般講某種東西的屬性，因此語氣稍有不同。

它們也可以用**名詞になる**、**形容詞くなる**，但兩者使用的情況不同。而用名詞になる時，表示急劇的、迅速的變化；而用形容詞くなる時，則表示慢慢的、逐漸的變化。例如：

○信号が赤に（×赤く）変ったから、車や人は一斉に止まった。

紅燈了，因此車子、人們一下子都停了下來。

○りんごがだんだん赤く（×赤に）なった。／蘋果漸漸變紅了。

○長い間磨かなかったので、やかんが黒く（×黒に）なった。

由於長時間沒有清洗，水壺都變黑了。

○部屋のカーテンを白に（×白く）した。／將房間的窗簾換成白色的了。

2 形容動詞的名詞用法

有些形容動詞可用連體型作連體修飾語，也可用同一形容動詞語幹下接の作連體修飾語。也就是說既可以用形容動詞な名詞，也可以用形容動詞語幹の名詞，這時的語幹則成了名詞。如暇なとき、暇のとき。這麼用時，有時表示相同的意思，有時表示不同的意思。

(一) 兩者表示相同含義的用法

下面例子中用形容動詞な名詞、形容動詞語幹の名詞，意思相同。

○反対な（○の）言方／反對的說法

○逆な（○の）方向／相反的方向

○正常な（○の）心理状態／正常的心理狀態

○正確な（○の）書き方／正確的寫法

○明確な（○の）解答／明確的解答

○不実な（○の）罪／不實的罪名

○親切な（○の）人／親切的人

○元気な（○の）おじいさん／精神飽滿的老爺爺

據學者分析，兩者含義稍有不同：用**形容動詞な名詞**時表示名詞的內在性質，用**名詞の名詞**時，表示外附的性質，不過這種區別不是很清楚，一般的情況下兩者都可使用。

(二) 兩者表示不同含義的用法

下面一些詞用**形容動詞な名詞**與用**形容動詞の名詞**的意思是不同的，用～な時一般表示被修飾語的屬性、狀態，用～の時表示所有、對象等。例如：

○馬鹿な子供／傻孩子　　○自然な姿勢／自然的姿勢

○馬鹿の子供／傻子的孩子　　○自然の美／自然之美

○非常な速度／非常快的速度　　○非常の場合／緊急情況

○安全な装置／安全裝置　　○健康な体／健康的身體

○安全の保障／安全的保障　　○健康の診断／健康檢查

以上這些用～な和用～の構成的連語意思是不同的，不能互換使用。

(三) 只能用「形容動詞な名詞」的場合

在要求表達某人、某事物屬性、狀態時，只能用～**な名詞**，而不能用～**の名詞**。例如：

○穏(おだ)やかな（×の）処置(しょち)／穩當的處理方法

○確(たし)かな（×の）方法(ほうほう)／牢靠的方法

○静(しず)かな（×の）所(ところ)／安靜的地方

○晴(は)れやかな（×の）空(そら)／晴朗的天空

○賑(にぎ)やかな（×の）町(まち)／熱鬧的街道

○豊(ゆた)かな（×の）経験(けいけん)／豐富的經驗

○稀(まれ)な（×の）現象(げんしょう)／稀有的現象

○面倒(めんどう)な（×の）事(こと)／麻煩事

○達者(たっしゃ)な（×の）老人(ろうじん)／健康的老人

○熱心(ねっしん)な（×の）人(ひと)／熱心的人

○冷淡(れいたん)な（×の）態度(たいど)／冷淡的態度

○正直(しょうじき)な（×の）人(ひと)／正直的人

3 名詞接尾語「～さ」、「～み」

～さ、～み都是接尾語可以接在形容詞、形容動詞的語幹下面構成名詞，但含義有細微的差別。

(一) 接尾語「～さ」

1 接在屬性形容詞的語幹下面，其所接的形容詞多是用相互對立的形容詞（如高、低）中的高的一方（但「低」的一方也不是不用），如用「高さ」、「大きさ」、「長さ」、「深さ」、「重さ」表示屬性的程度，並且這種程度多是數字可以表示出來的（當然也有表示不出來的情況）。大致相當於中文的「…度」、「…程度」。例如：

高さ／高度　　長さ／長度

深さ／深度　　厚さ／厚度

寒さ／冷的程度　　暑さ／熱的程度

看一看它們的用法：

○荷物の重さを計ります／秤行李的重量。

○富士山の高さは三千七百七十六メートルです。

富士山的高度是三千七百七十六公尺。

○その板の長さは三メートルです。／那塊木板的長度是三公尺。

○川の深さは二メートルです。／那條河有兩公尺深。

○あの暑さには耐えられません。／受不了那種炙熱。

2接在屬性形容詞、感情形容詞、感覺形容詞的語幹下面，表示這些形容詞的屬性程度，**這時要根據具體的單字作適當的翻譯，或不將其譯出。例如：**

強さ／強度　　良さ／長處、優點　　甘さ／甜味

静かさ／肅靜的程度　　親切さ／親切　　華やかさ／華麗的程度

面白さ／樂趣、有趣　　楽しさ／樂趣、快樂　　悲しさ／悲哀、悲傷

嬉しさ／欣慰　　痛さ／痛苦　　不快さ／不痛快的

○あまりの悲しさに泣き出した。／由於過分悲傷而哭了起來。

○大学入学試験に合格したという知らせを受け取って、その嬉しさといったらなかっ

た。／接到了大學的入學通知，我高興得不得了。

○君には彼の良さが分からない。／你不了解他的好。

○彼女の親切さには頭が下がる／我很佩服她親切的態度。

○今でも日本にいたときの楽しさが思い出される。

現在我也經常想起在日本的快樂時光。

○日本の梅雨時の不快さは外国人には耐えがたいようだ。

對外國人來說，日本的梅雨季節不舒服的程度幾乎令人難以忍受。

(二) 接尾語「～み」

多接在屬性形容詞語幹下，但所能接的形容詞、形容動詞比～さ所能接的少。例如：

用「さ」的詞	用「み」的詞
○青さ	○青み
○重さ	○重み
○悲しさ	○(悲しみ)
○嬉しさ	×嬉しみ

～さ		～み	
○厚さ	○丁寧さ	○厚み	×丁寧み
○面白さ	○きれいさ	○面白み	×きれいみ
○新鮮さ	○にぎやかさ	○新鮮み	×にぎやかみ
○楽しさ		○(楽しみ)	

它的含義與～さ的意思稍有不同。

1表示事物（包括人）由感覺、感觸得到的抽象化屬性概念。如「重み」則表示某種東西拿在手裡感到沉；「厚み」表示用手摸著感到厚。要根據所接的單詞，適當地翻譯。

○その本を持ってみると、ずっしりと重みを感じた。

拿起來那本書，就感到沉甸甸的。

○厚みのある一枚板で作ったテーブルだ。／那是張用厚木板做成的桌子。

○人はいいが、暖かみは感じられない。／人雖然很好，但無法使人感到溫暖。

○君にはまだ俳句の面白みが分からないですね。／你還沒有體會到俳句的妙處啊！

2表示具有某種狀態的某一場所、某一部份。可譯做中文的「…處」、「…點」等。例

如：

○強み／長處、有利的一面

○弱み／短處、不利的一面

○高み／高處

○川の深みに嵌った。／掉到河的深處。

○相手の弱みを捕まえた。／抓住了對方的弱點。

○事件を明るみに出す。／把事情真相公開。

○高みの見物はするものではない。／不要置之不理！

○あの人の強みは支持者が大勢いることだ。／他厲害的是擁有廣大的支持者。

但在這裡要說明的是：日語中有的用～み構成的單詞，如痛み、悲しみ、苦しみ、楽しみ、**懐しみ**、**憐れみ**等，多數人認為它們是由動詞痛む、悲しむ、苦しむ、楽しむ、**懐しむ**、**憐れむ**等的連用形名詞法，和這裡提到的**形容詞語幹**み稍有不同，因此在前面的表裡，用（　）括了起來。

(三) 兩者的區別

為了進一步釐清它們之間的區別，我們再看一看下面的例句。

○このカバンはどのぐらいの重さがありますか。／這個手提包有多重？

○彼は政治家として重みがあります。／他有作為政治家的穩重。

前一句的**重さ**表示具體的重量，如五公斤、十公斤；而後一句的**重み**則表示具有作為政治家的穩重。

○川の深さは二メートルだ。／河深兩公尺。

○この絵には深みがない。／這幅畫沒有什麼深度。

前一句**深さ**表示深度，是可度量的具體深度；後一句的**深み**則表示深奧的感覺，因此，**深み**がない則表示沒有深奧的地方，也可以說是淺薄、沒有深度。

4 形容詞、形容動詞與副詞的關係——形容詞、形容動詞的比較級、最高級表現形式

在英語裡形容詞有比較級和最高級的說法，即在形容詞的後面接er和est，分別表示形容詞的比較級和最高級。但在日語裡，表示比較級和最高級則不是用接尾語，而是用其他的表現形式，其中用得最多的是用副詞，下面分別看一看比較級與最高級的表現形式。

1 比較級的表現形式

(一) 用助詞「より」、「ほど」來表達

1「より」一般用「AはBより～」，表示「A比B如何如何」，這時述語用的形容詞、形容動詞沒有任何變化，這和英語是不同的。例如：

○台湾（たいわん）は九州（きゅうしゅう）より熱（あつ）い。／台灣比九州熱。

○京都は東京より静かだ。／京都比東京安靜。

2「ほど」一般用「BはAほど～ない」，表示「B沒有A如何如何」，這時述語的形容詞用否定形，例如：

○九州は台湾ほど熱くない。／九州沒有台灣那麼熱。

○京都は奈良ほど静かでない。／京都沒有奈良那麼安靜。

(二)用副詞「より」來表達

它用在形容詞前面，起一個副詞作用，即用より形容詞、より形容動詞來表示比較，這是由英文翻譯過來的說法。相當於中文的**更…**、**再…**。例如：

○よりいい生地はありませんか。／沒有更好一點的料子嗎？

○より大きいカバンが欲しいです。／我要一個再大一點的手提包。

○若い女性ですから、より綺麗な服を着た方がいいです。

　年輕女生還是穿漂亮一點的衣服好。

(三)用一般副詞來表達

表示比較級的一般副詞有：もっと、一層、ちょっと、もう少し、いくらか等。相當於中文的**更**…、**稍**…、**多少**…等。

○于さんは日本語が上手だが、孫さんはもっと上手だ。

小于日語講得好，但孫小姐講得更好。

○この公園は雪が降ると、一層美しい。／這個公園下雪後更美。

○この靴はちょっと小さいです。／這雙鞋稍小了一點。

○もう少し大きい靴が欲しいです。／我要一雙大一點的鞋。

○寒い日が続いていますが、今日はいくらか暖かいようです。

一連幾天都很冷，今天好像稍稍暖和了一點。

2 最高級的表現形式

在日語裡用副詞來表達最高級，表現最高級的常用副詞有：一番、最も、一等等，都相當於中文的**最**…。例如：

○日本で一番高い山は富士山です。／在日本最高的山是富士山。

○東京で一番賑やかな所は銀座です。／在東京最繁華的地方是銀座。

○私は天ぷらが一等好きです。／我最喜歡吃炸天婦羅。

○一等面白かったのは先生方の芝居です。／最有趣的是老師們演的話劇。

○この病気は炭鉱労働者の間でもっとも多いです。／這種病好發於煤礦工人身上。

○私がもっとも好きなのはすき焼きです。／我最喜歡的是壽喜燒。

第七章 形容詞、形容動詞的同義詞

1 什麼是形容詞、形容動詞的同義詞

同義詞在日語中稱之為**類義語**，指意義近似或意義相同而用法不同的兩個或兩個以上的詞。例如：**開ける**與**開く**都表示**開**、**打開**，但有時候只能使用其中之一。**洗う**與**濯ぐ**都表示**洗**，但洗的方式不同，它們也是同義詞，以上是動詞的同義詞。形容詞、形容動詞的同義詞則是形容詞、形容動詞中意義相近或意義相同而用法不同的兩個或兩個以上的詞，如前面曾提出過的**かわいい**與**かわいらしい**以及**恥ずかしい**、**照れ臭い**、**決まり悪い**；**古い**、**古臭い**、**古めかしい**等，它們意義相近，但不完全相同，同時使用的情況也不相同，這樣的一些詞是形容詞、形容動詞的同義詞。分清這樣一些同義詞，對我們學習掌握日語中的形容詞、形容動詞有重要的意義。

2 形容詞、形容動詞同義詞的類型

從它們組成的形式上來看，有下列一些形式不同的同義詞。

1 意義或適用情況不同的同義詞

1 意義不同的同義詞　例如：

寒（さむ）い、　冷（つめ）たい

忙（いそが）しい、　忙（せわ）しい

2 適用情況不同的同義詞　例如：

すばしっこい、　手早（てばや）い、　素早（すばや）い

貧（まず）しい、　貧乏（びんぼう）

3 程度不同的同義詞　例如：

多い、　　夥しい

高い、　　小高い、　　堆い

4 具體和抽象不同的同義詞　例如：

汚い、　　汚らわしい

2 由所屬的不同詞類形容詞組成的同義詞

形容詞從意義上進行分類，可分為感情形容詞、屬性形容詞、評價形容詞，有時兩個詞義相同或近似，但它們分屬於不同的詞類，這樣用法就出現了差異。在前面提到過的かわいい、かわいらしい就是這樣的一組同義詞，かわいい是感情形容詞，かわいらしい是屬性形容詞，這樣用法就不同。從這個角度來看，還有下面兩種情況。

1 由不同的屬性形容詞與感情形容詞組成的同義詞　例如：

滑稽、　　可笑しい

眩い、　　眩しい

2由不同的屬性形容詞與評價形容詞組成的同義詞　例如：

良い、素晴らしい

遅い、鈍い

古い、古臭い、古めかしい

3 其他關係複雜的同義詞

如前面所舉的那些單字之間的關係比較簡單，但更多的同義詞，兩者或三者的關係比較複雜，要從多方面進行分析。下面這幾組的同義詞，就是這樣的同義詞。

苦しい、辛い

丈夫、達者、健康

易しい、容易い、容易

3 同義詞的用法分析舉例

日語中形容詞、形容動詞的同義詞，從整體來看，也許有上百組。本書由於篇幅有限，不能一一舉例說明，在這裡只就上面舉出的幾組做簡單的說明，僅供讀者參考。

(一) 寒い（形）、冷たい（形）

寒い譯成中文是**冷**、**寒冷**；而冷たい漢字寫做**冷**，因此我們學習日語時，常常將這兩個字搞錯。實際上兩者意義不同，**寒い**表示**冷**，**冷たい**表示**涼**。下面做進一步的分析。

1 寒い　原為屬性形容詞，基本含義表示空氣冷，如**寒い風**（冷風），引申用於其他方面，如氣候**寒冷**，某一場所、某一地方**寒冷**。例如：

○寒い日・晩・朝・気候・部屋・所

冷天・寒冷的晚上・寒冷的氣候・冷冷的房間・寒冷的地方。

○北海道は本州より寒いです。／北海道比本州冷。

○北風が吹くと、一層寒くなります。／一颳起北風，就更覺得冷了起來。

○寒い冬が過ぎ去って暖かい春がやってきました。

　酷寒的冬天已經過去，暖和的春天來了。

寒い還可以作為感覺形容詞來用，表示**我很冷**，或用**寒がる**表示第二、三人稱感覺冷。

例如：

○こんなに寒い時に、オーバーを着ないと、誰でも寒いだろう。

　這麼冷不穿大衣誰都會冷吧！

2 冷たい　它可以用於空氣，如**冷たい風**，但與**寒い風**的含義不同：

○寒い風／冷風、寒冷的風

○冷たい風／涼風

寒い風是令人感到不舒服的寒風；而**冷たい風**只是溫度低一些，並不是不舒服的風。另外還可以用於液體或固體的東西，表示這些溫度低，給人一種**涼**的感覺，因此相當於中文的涼。例如：

○冷たい空気・水・御飯・石・体・手・足

冷空氣・冷水・冷飯・冰涼的石頭・冰涼的身體・冰涼的手・冰涼的腳

○地下は夏になると、井戸の水が一番冷たくなっている時だそうだ。

據說地下到了夏天，是井水最涼的時候。

○とても暑いんだが、何か冷たい飲み物はないか。／太熱了，有什麼冷飲嗎？

它不能用來講地方、場所、時間等，因此下面的句子是不通的。

×朝晩は冷たい（○寒い）ですから、気をつけなさい。

×この辺が冷たい（○涼しい）ですから、ここで休みましょう。

另外冷たい可以用來講水、飯、石頭、手腳等，而寒い則不能用在這些方面，因此下面用寒い的句子都是不通的。

×足が少し寒い（○冷たい）です。

×ご飯が寒く（○冷たく）なったから、暖めてお上がりなさい。

(二) 忙しい（形）、忙しい（形）

兩個詞都可以譯作中文的**忙**，但實際含義並不相同。

1 忙しい（いそがしい） 表示客觀上某人很**忙**，或某種事情**忙**，沒有空閒的時間。例如：

○私達は試験前で忙しい。／考試前我們很忙。

○この頃仕事が忙しい。／最近工作很忙。

○ピアノの稽古が忙しい。／練鋼琴很忙。

它可以修飾人也可以修飾事情。例如：

○彼は忙しい人だから多分引き受けないだろう。／他是個大忙人，大概不會接吧！

○あれは忙しい職場だ。休む暇もない。／那是繁忙的工作，連休息的時間也沒有。

2 忙しい（せわしい） 雖也可以譯作**忙**，但它表示人心理上、心情上**忙碌**、**性急**，讓人看上去顯得**匆匆忙忙**，而不是講因為某種事情忙。

○あいつはいつもあんなに何が忙しいんだろう。／他經常都是那麼毛毛躁躁的。

○なんて忙しいやつだ。まあ、落ち着け。／多麼性急的傢伙，哎！沉住氣啊！

忙しい只能用於人，而不能用於事情、工作等，因此下面的句子是不說的。

×あの仕事は忙しい。

×あれは忙しい職場だ。

(三)

すばしっこい（形）、手早い（形）、素早い（形）

三詞都表示迅速、敏捷，但適用的情況不同。

1すばしっこい　表示人的身體動作敏捷、俐落。例如：

○動作のすばしっこい人でないと、スポーツマンになれない。

動作不夠敏捷的人，當不了運動員。

○すばしっこくてなかなか捕まらない。／動作敏捷，所以旁人抓不住他。

2手早い　表示雙手動作俐落、迅速，但多作連用修飾語來用，很少作連體修飾語。

○手術は短い時間で手早く行われた。／手術在短時間內迅速得進行。

○母は家に帰ってくると、手早く食事の支度を始める。

母親回到家裡以後，立刻開始做飯。

3素早い　它既有すばしっこい的含義，表示身體動作敏捷，也有手早い的意思，表示雙手動作俐落、迅速；但它多用素早く作連用修飾語來用，這時分別可換用すばしっこく或換用手早く。例如：

○敵が見えると、彼は素早く（○すばしっこく）家の影に身を隠した。

當敵人一出現，他迅速地隱藏到房子的背後。

○彼女は実験室に入ると、素早く（○手早く）科学の実験を始めた。

她一進入實驗室，就立刻開始做實驗。

它還可以用於抽象比喻，表示迅速地理解，而すばしっこい、手早い不能用於抽象比喻方面。例如：

○李さんは素早く（×すばしっこく、×手早く）先生の出した問題に答える事ができた。

李同學迅速地回答了老師提出的問題。

（四）貧しい（形）、貧乏（形）

兩個詞都表示窮、貧窮，但適用情況不同，適用範圍不同。

1在表示人窮、家窮或生活貧窮時，兩個詞基本上可互換使用。例如：

○野村さんは静岡県の貧しい（○貧乏な）漁村に生まれた。

野村先生出生在靜岡縣一個貧窮的漁村。

○彼は貧しい（○貧乏な）生活に負けないという強い心を持っていた。

他具有堅強的決心絕不屈服於貧窮的生活。

不過在實際語言應用上，兩個詞各有所側重，使用的情況不同：貧しい的適用對象多為較大的範圍，如農村、漁村、縣、地方、國家、時代等，用於個人的時候較少；相反地貧乏多用於個人，而很少用於較大的範圍。例如：

○貧しい地方だから、貧乏人が多い。／因為是窮鄉僻壤，所以窮人多。

○弟が貧乏だから、兄が援助している。／弟弟很窮，所以哥哥支援他。

2「貧しい」還用來表示具體的或抽象東西「貧乏」、「不夠豐富」。例如：

○食卓の上にあるのは貧しい料理だ。／擺在飯桌上的盡是些寒酸的飯菜。

○私の貧しい経験によれば、こういうやりかたはいい方法ではない。

根據我微薄的經驗，這不是個好作法。

(五) 照れ臭い（形）、決まり悪い（形）、恥ずかしい（形）

三詞都表示害羞、害臊、不好意思、羞恥，但適用情況不同。

1 照れ臭い 表示在眾人面前或在生人面前，由於過份引人注意，而不好意思。其它兩個詞也可以這麼用。

○みんなの前であんなに褒められては照れ臭かった（○決まり悪かった、○恥ずかしいった）。

在大家面前，受到表揚感到很不好意思。

○大勢の前で挨拶するのは照れ臭い（○決まり悪い、○恥ずかしい）。

在大家面前講話，很不好意思。

2 決まり悪い　除了表示受人注意**不好意思**外，還可以用來表示在眾人面前沒有把事情做好，或者沒有做到自己預期的事，而感到丟臉、不好意思、難為情。**恥ずかしい**也可以這麼用；**照れ臭い**不能這麼用。例如：

○友達だと思って話しかけたら、知らない人だったので、とても決まり悪かった（○恥ずかしい、×照れ臭かった）。

我認錯了人叫了他之後才發現，所以很不好意思。

○あんな簡単な問題にも答えられなかったので、本当に決まり悪かった（○恥ずかしい、×照れ臭かった）。

那麼簡單的問題，也回答不出來真是丟臉。

3 恥ずかしい 除了上述用法以外，還可以用來表示自己做了壞事或沒把事情做好，這時儘管沒有引起別人的注意或不為人們所知，但內心感到羞恥、羞愧、可恥。其它兩個詞都不能這麼用。例如：

○こんな悪い成績では本当に恥ずかしい（×決まり悪い、×照れ臭い）。

成績這麼差真可恥。

○こんな事を申し上げねばならないとは、本当にお恥ずかしい（×決まり悪い、×照れ臭い）次第でございます。／要我說這種話，真感到羞愧。

(六) 多い（形）、夥しい（形）

兩個詞都可以用來表示人數多或事情多，但所表示的數目不同，也可以說是**多**的程度不同。

1 多い 只是一般的多。例如：

○今日はお客さんが多い日だ。／今天客人很多。

○この頃用事が多い。／最近事情很多。

2 夥しい　表示人數、事情很多，程度超過**多い**許多。

○広場のデモに参加する人々は夥しかった。

在廣場上參加示威的人們，可說是人山人海。

○年末になるにつれて、雑用も夥しくなった。

隨著年關的到來，一些雜七雜八的瑣事也多了起來。

但**多い**除了表示人數、事情**多**以外，還可以表示一些自然現象多，如雨多、雪多、陰晴天多等。**夥しい**則不能這麼用。例如：

○今年は雨が多い（×夥しい）。／今年雨水多。

（七）高い（形）、小高い（形）、堆い（形）

三詞都可以用來表示空間的**高**，即高低的**高**，但高的程度不同。

1 高い　表示一般空間的高。例如：

○高い山／高山

○高い建物／高樓

○高い崖／高高的懸崖

2小高い　表示丘陵、山崗等稍高、稍微高的。例如：

○小高い丘／稍微高起的小丘。

○家の左側は小高い丘で、後は高い山だ。

房子的左側是微微隆起的小丘，後面是高高的山。

○所所に小高く盛り上げた塩の山がある。／随處可見微微隆起的鹽堆。

3堆い　表示人為的堆得很**高的**某種東西。相當於中文的堆高的。但其它兩個詞就不能這麼用。

○堆いごみの山・落葉／堆得高高的垃圾、落葉。

○堆い砂利・砂／堆了高高的石子、砂子。

○家の側には砂利が堆い積んである。／房子旁邊堆著高高的石子。

○運動場の中で雪を掻き集めていくつかの小山に堆い積み上げた。

在操場上把雪掃在一起，高高地堆起幾堆雪堆。

其中高い還有其他的一些抽象用法，下面這些用法不能換用小高、堆い。例如：

○高い温度／高溫
○高い物価／高物價
○高い文化水準／文化水準高
○高い声／高聲
○高い電圧／高電壓

(八) 汚い（形）、汚らわしい（形）

兩個詞都含有**不乾淨**、**骯髒的**意思，但使用對象有分具體與抽象。

1 汚い　多用來表示具體東西骯髒。相當於中文的**髒的**、**骯髒的**、**不乾淨的**。例如：

○汚い顔・手・服・ズボン・部屋／髒的臉・手・衣服・褲子・房間。
○汚いハンカチだ。洗って来なさい。／這麼髒的手帕，拿去洗一洗！
○汚い水を飲むと、病気になる。／喝了髒水會生病的。
○だらしない人だ。服が汚くなっても洗おうとしない。
　真是個邋遢的人，衣服髒了也不洗一洗。

個別的時候也用於抽象方面，相當於中文的**骯髒的**、**卑鄙的**、**可恥的**。

○彼の商売のやり方は汚い。／他作買賣的手法卑鄙。

○ごまかして百点を取るなんて汚い。／作假得了一百分真差勁。

2 汚らわしい　它與汚い不同，多用來表示抽象的、精神方面的骯髒、不乾淨。例如：

○汚らわしい話／髒話

○汚らわしい金／髒錢、不義之財

○聞くのも汚らわしい。／光聽就覺得骯髒。

○あんな男がよこした手紙など汚らわしいから燃やしてしまった。

那男人寫的信太下流了，所以我把它燒掉了。

上述的句子中用汚らわしい，不是講**金**、**手**、**手紙**這些具體的東西**不衛生**、**骯髒**，而是從精神方面來講，使人感到不光明磊落。

(九) 滑稽（形動）、可笑しい（形）

兩個詞都表示**滑稽可笑**，但由於一個是屬性形容詞，一個是感情形容詞，所以使用的情況也因此而出現不同。

1 滑稽　它是屬性形容詞，表示人的動作本身滑稽可笑。

○彼の動作はサーカスの道化よりも滑稽だ。／他的動作比馬戲團的小丑還滑稽。

○その滑稽な身振りを見てみんな笑った。／看了他那滑稽樣大家都笑了。

○滑稽な事を言うな。／不要講那麼滑稽的話。

2 可笑しい　它是感情形容詞，表示看到其他人的動作等，而感到可笑。

○彼女は彼の正直さが少し可笑しかった。

她對他的死腦筋感到有點可笑。

由於它是感情形容詞，因此可以用AはBが**可笑しい**這一句式，而上述句子裡的B即**正直さ**が表示可笑的對象。而**滑稽**雖也可以用AはBが**滑稽**だ這一句式，但B不是對象，而是小主語。例如：

○彼はサーカスの道化よりも動作が滑稽だった。

他的動作比馬戲團的小丑還滑稽。

可笑しい可以用**可笑しがる**；而**滑稽**則不能用**～がる**。例如：

○彼の動作を見てみんなは可笑しがって笑い出した。

看了他的動作，大家都覺得很滑稽不禁笑了出來。

另外可笑(おか)しい還表示**奇怪**、**可疑**，這時和滑稽(こっけい)無相似之處，不再舉例說明。

(十) 眩(まばゆ)い（形）、眩(まぶ)しい（形）

兩個詞都表示因光線強烈或因某種物體的反光而**耀眼**、**閃亮**。但前者是屬性形容詞，後者是感覺形容詞，因此有時用法不同。

1兩個詞作連體修飾語時，可互換使用。例如：

○眩(まぶ)しい（○眩(まばゆ)い）日光(にっこう)／耀眼的陽光。

○宝石(ほうせき)が眩(まぶ)しい（○眩(まばゆ)い）ばかりの光(ひかり)を放(はな)ってる。

　寶石發出耀眼的光澤。

但作述語用時，多用眩(まぶ)しい，而很少用眩(まばゆ)い。例如：

○夏(なつ)の日(ひ)の光(ひかり)が眩(まぶ)しい（×眩(まばゆ)い）／夏天的陽光耀眼。

2「眩(まぶ)しい」是感情形容詞，它具有感情形容詞的特點，可以用「眩(まぶ)しがる」，還可以用總主語形式，即用「AはBが眩(まぶ)しい」，表示我A感覺到光線B很耀眼。「眩(まばゆ)い」則不能這樣用。例如：

○どうしたわけか、この頃頭が痛いとか、光を眩しがるとか（×光を眩がる）、熱が高くなるという症状が現われた。

不知道什麼原因，最近出現了頭痛、怕光、發燒等一些症狀。

○電燈を消さないと、私は（光が）眩しくて（×眩くて）眠れない。

不關電燈我會畏光睡不著覺。

(十一) 良い（いい）（形）、素晴らしい（形）

兩個詞都表示**好**，但由於一個是屬性形容詞，一個是評價形容詞，因此語氣不同。

1 良い（いい）　它是一般的屬性形容詞，只是客觀地講事物（包括具體的或抽象的）內容、質量好，或者講人的心地、品質等方面**好**，它只是一般的**好**。

○よい家・部屋・テレビ・時計・花・酒

好的房子・好的房間・好電視機・好錶・好花・好酒

○よい人・学生・労働者／好人・好學生・好工人

○よい成績・記録・景気・天気／好成績・好的紀錄・好景氣・好天氣

2 素晴らしい　它也表示事、物（包括具體的、抽象的）內容、質量好，但與**よい**不同的

是：**よい**是屬性形容詞，只是從客觀上講某種東西**好**；而**素晴らしい**是評價形容詞，表示很棒、太好了，同時給人一種高級的、富麗的、壯觀的等感覺。也可以用來講姿態很棒、品德高尚。例如：

○素晴らしい家・庭・洋服・色

高級的房子・美極了的庭院・漂亮的西裝・美麗的顏色

○素晴らしい成功・景気・成績・構想・発見

偉大的成功・市場的高度繁榮・優異的成績・偉大的構想・偉大的發現

○彼女は学問もあり、心も優しい、素晴らしい女性だ。

她既有學問，心地也善良，是一位傑出的女性！

在語法關係上，**よい**不僅能用肯定形式，也可以用否定形式；而**素晴らしい**只能用肯定形式，不能用否定形式，需要否定形式時，則要用**思わしくない**或**芳しくない**。例如：

○李さんは体がよい。／李先生身體很好。

○おじさんは体がよくない。／伯父身體不好。

○彼の発見は素晴らしい。／他的發現很了不起。

×それは素晴らしくない成績だ。

○それは思わしくない（○芳しくない）成績だ。／那成績不夠理想。

(十二) 遅い（形）、鈍い（形）

兩個詞都表示人、動物或車船等交通工具前進的速度**慢**、**遲緩**、**緩慢**，但前面的是屬性形容詞，後一個詞是評價形容詞，因此兩個詞語氣不同。

1 鈍い　是評價形容詞，含有貶義，含有**這麼慢很不好**的意思，它是從主觀上來講某個人、某種東西**緩慢**、**慢**。例如：

○この汽車は鈍い。／這趟火車很慢。

○自動車は坂道にかかると、急になった。

汽車走到上坡路，突然慢了下來。

2 遅い　與鈍い不同，它是一般的屬性形容詞，只是客觀地敘述事實，而不含褒貶。例如：

○船で行けば汽車より少し遅い（×鈍い）。

坐船去的話，比火車稍慢一些。

○音速は光速度より遅い（×鈍い）。／音速比光速慢。

這兩個句子都是客觀地敘述實際情況，因此不用鈍い。

另外兩個詞還有其他含義：

1 鈍い　有時也表示人的動作遲緩、遲鈍。例如：

○あの男の動作は鈍い。／他的動作很鈍。

○彼は頭の回転が鈍い。／他腦筋很遲鈍。

2 遅い　還可以表示時間晚。例如：

○遅くなりましたから、そろそろ帰りましょう。／天色晚了也差不多該回去了。

(十三) 古い（形）、古臭い（形）、古めかしい（形）

三詞都表示舊，但由於前者是屬性形容詞，而後兩者是評價形容詞，因此語氣不同。

1 古い　它是一般的屬性形容詞，只是客觀地表示某種東西（包括具體的、抽象的）舊。

例如：

○古い家・カメラ・本・服・靴／舊房子・舊相機・舊書・舊衣服・舊鞋

○古いしきたり・習慣・風俗／舊規矩・舊習慣・舊風俗

○古い机や椅子などをみな売ってしまいました。／把舊桌子舊椅子都賣了。

○この靴はもう古いから、捨てようと思っています。

這雙鞋已經舊了，我想把它扔了。

2古くさい　它是評價形容詞，含有貶義，表示舊式的、陳舊的、破舊的，沒有什麼價值。既可以用於具體東西，如桌椅、鐘錶等，也可以用於抽象事物。例如：

○古臭い机／破舊的桌子

○古臭い考え方・風俗・習慣

陳舊的想法・落後的習俗・古板的習慣

○もう三十年前の古臭い服を着る人はいないだろう。

沒有人在穿那三十年前的老式衣服了吧。

○彼は古臭いダジャレを言うのが有名だ。

他是以講那老派笑話而聞名的。

3古めかしい　它也是評價形容詞，但含有褒義。表示某種東西雖然是舊式的、古老的，但還有可取之處。它多用於具體的東西，表示古老的、古色古香的，個別時也用於抽象的事物方面，但較少用。例如：

○古めかしい家具・時計・服／古色古香的家具・鐘錶・衣服

○床の間には古めかしい水墨画の掛軸が掛てある。／壁龕掛著古老的水墨畫。

○おばあさんは暇があると、よく古めかしい物語りを語ってくれた。

奶奶一有時間，就給我們講老故事。

㈩四　苦しい（形）、辛い（形）

兩個詞都可譯作中文的苦、痛苦、難受，但意義並不相同。

1從精神、肉體方面來看

○仕事が苦しい。／工作很辛苦。

○仕事が辛い。／工作很痛苦。

上述兩個句子都是描述痛苦，但它們強調的不同：

苦しい是從肉體上、生理方面來講苦、痛苦；而辛い則是從精神上來講**苦**、**痛苦**。

○それは苦しい仕事だ。毎日十時間以上も働かねばならない。

那是個辛苦的工作，每天要做十小時以上。

○それは辛い仕事だ。やりたくないのに、無理にやらされるのだから。

那是件苦差事，自己不願意卻還是要勉強著做。

前一句用**苦しい仕事**是從肉體方面來講的苦工作；後一句用**辛い仕事**則是從精神方面來說的**苦差事**。例如：

○息つくのも苦しい（×辛い）。／連呼吸都難受。

○深夜作業は辛い（×苦しい）。／深夜的工作好辛苦。

前一句述語用**苦しい**是從肉體方面來講**難受**、**不舒服**；後一句述語用**辛い**則是從精神方面來講**難受**。

2從客觀、主觀上來看

苦しい是從客觀上來講某種事不好辦，困難；而辛い是從主觀上來講，自己作某種工作**難受**、**感到困難**。例如：

○資金不足のために、工場の経営も苦しくなってきた。

由於資金不足，工廠的經營也困難了起來。

○工場の経営も辛いものだ。／經營工廠也是很辛苦的。

(十五) 丈夫(形動)、達者、健康(形動)

三詞基本含義相同，但使用的情況不同；另外各自還有各自獨特的用法。

1 三詞相同的含義

三詞都表示人的身體**健康**，但強調的不同，丈夫強調身體結實、抵抗力強，經得起勞累，達者、健康只表示沒有病。但在一般的情況下基本上可以互換使用。

○よく運動するから、体が丈夫(○達者、○健康)だ。

因為經常運動，所以身體健康。

但它們適用情況稍有不同。

表示小孩**健康**時，只用**丈夫**、**健康**，而不能用**達者**。例如：

○それは丈夫(○健康)で丸々太った赤ん坊だ。

那是一個健康又圓滾滾的的小傢伙。

講老年人、自己尊敬的人或者講話中談到對方身體健康時，多用**達者**，而不是用**丈夫**、**健康**。

○山村先生はお達者ですか。」「はい、おかげさまで。」

「山村先生您身體好嗎？」「托你的福，還可以。」

2 三詞其他的含義

丈夫還表示東西**結實**、不容易壞。其他兩個詞不這麼用。例如：

○この靴下はかかとが特に丈夫にできている

這雙襪子腳跟部分織得特別結實。

達者　還表示某種技術好。例如：

○口が達者です。／口才很好。

○足が達者だ。／很能走。

健康　作連體修飾語用，用於抽象比喻，表示文學、藝術等內容**健康**。其他兩個詞不這麼用。

○健康な作品／健康的作品。

○健康(けんこう)な歌(うた)／健康的歌

總之，三詞的關係比較複雜，在表示**身體健康**時，意思相同，但適用情況不同。另外每個單詞還有各自獨特的用法。

(十六) 易(やさ)しい(形)、容易(たやす)い(形)、容易(よう)(い)(形動)

1 三詞都是屬性形容詞，都和動作、行為有關的詞發生關係，表示某種動作、行為「容易」，但使用的情況不同。

容易(ようい) 多用於較複雜的；規模較大的事情或科學技術方面，並且多以~するのは容易(ようい)ではない、~するのは容易(ようい)な事(こと)ではない等的否定形式出現。例如：

○ラジウムは鉱石(こうせき)の中(なか)に何万分(なんまんぶん)の一(いち)と言(い)われるぐらいしか入(はい)っていないから、それを取(と)り出(だ)すのは容易(ようい)ではない。

鐳的含量占所有礦石的幾萬分之一而已，所以要把它冶鍊出來是很不容易的。

易(やさ)しい、容易(たやす)い 兩個詞多用在日常生活中的一般事情方面。在語法關係上，不但可以用於否定句，還可以用於肯定句，當然也可以作連體修飾語，兩個詞可互換使用。但容易(ようい)很少這麼用。例如：

○海水から塩をとるのは割合易しい（○容易い）。／從海水裡提煉出鹽很容易。

○ちょっと難しそうにみえても、やってみると案外易しい（○容易い）。

乍看之下似乎是很難，但一做卻出乎意料地容易。

○十秒で100メートルを走るのは容易い（○易しい）事ではない。

十秒跑一百公尺，不怎麼容易。

易しい　還可以用來表示講話、文章、書籍等淺顯**易懂**。其他兩個詞沒有這一含義。例如：

○もっと易しい、読みやすい文章を書いたほうがいい。

還是寫一些更加淺顯易懂、容易看的文章好。

2三詞還可以用「易しく」、「容易く」、「容易に」的形式做副詞來用，但含義不同，使用情況也不同。

易しく　多修飾與語言生活有關的動詞，如修飾**言う**、**書く**等，表示易懂。例如：

○その週刊誌はニュースを総合的にまとめ、易しく、読やすく解説しているからいい。

那個週刊很不錯，有綜合報導又解說得淺顯易懂。

容易く、容易に　兩個詞都表示容易，但使用情況不同。

容易く多用在日常生活裡，否定、肯定都用。

○試験問題は難しいから、そう容易く百点は取れない。

考題很難，不是那麼容易拿滿分。

○今日本へは容易く行ける。／我現在很容易有去日本的機會。

容易に多用在較大的事情或科學技術方面，並且多用於否定的句子中。例如：

○日米両国間の貿易問題は容易に解決できるものではない。

日美兩國間的貿易問題並不是容易解決的。

以上舉出十幾個同義詞作了簡單的說明，以便讀者對形容詞、形容動詞同義詞有個總括的了解。

第八章 形容詞、形容動詞的反義詞

1 什麼是形容詞、形容動詞的反義詞

在介紹形容詞、形容動詞的反義詞以前，我們先看一看一般詞彙的反義詞。反義詞日語稱之為**対義語**（たいぎご）或**反対語**（はんたいご），指詞義處於相互對立關係的單詞，如下面舉出的**男**（おとこ）與**女**（おんな）或**寝る**（ね）與**起きる**（お）等。對於某一單字能夠舉出它恰當的反義詞來，有助於對其的正面或全面的理解，也有利於記憶和掌握更多的單字。

[1] 反義詞的兩種類型

在本書中用——這一符號來表示一組反義詞。

1 表示矛盾概念的反義詞　例如：

男（おとこ）／男人——女（おんな）／女人

既婚／已婚──未婚／未婚
奇数／奇數──偶数／偶數

這樣的反義詞，它們之間沒有中間過渡的單字。例如：

○社長は男ではない。／社長不是男的。

它肯定意味著：

○社長は女である。／社長是女的。

因為**男**和**女**之間不會有中間概念。

2 表示反對概念的同義詞　例如：

広い／寬敞──狭い／狹窄
遠い／遠──近い／近

這兩組同義詞之間，可以有中間概念，因此它們是反對概念的同義詞

我們首先看一看**広い**──**狭い**之間的關係。

○この部屋は広い。／這個房間很大。

它意味著：

○この部屋は狭くない。／這個房間不小。

但是當講到：

○この部屋は狭くない。／這個房間不小。

這時則不一定意味著：

○この部屋は広い。／這個房間很大。

因為有的房間不小，但不一定很寬敞、很大，有的房間也可能不大不小。因此否定了狭い，也不一定就是広い，因此它們是反對概念的同義詞。

看一看遠い——近い的關係。

○駅までは遠い。／到車站路途很遠。

可以換一句話講：

○駅までは近くない。／到車站路途不近。

兩句話的意思是相同的。但講到：

○駅までは近くない。／到車站路途不近。

卻不一定指的是：

○駅までは遠い。／到車站路途很遠。

因為遠い與近い之間，還會有不遠不近的過渡狀態，否定了近い，不一定就是遠い，因此它們也屬於反對概念的同義詞。

以上是日語一般詞彙的同義詞情況。

2 形容詞、形容動詞的反義詞

它們也是與一般詞彙的反義詞相同：有矛盾概念的反義詞和反對概念的同義詞。

1 矛盾概念的反義詞

常用的有：

ない／沒有——ある／有

它們的用法和前面提到的男——女、既婚——未婚的關係相同。例如：

○彼には金がないのではない。／他不是沒有錢。

它也可以換用下一句話講：

○彼には金がある。／他很有錢。

這兩句話的意思完全相同，因為它不會有中間的**既有又沒有**的狀態的。

下面這些反義詞也是矛盾概念的反義詞。例如：

可能／可能——不可能／不可能

完全／完全——不完全／不完全

正確／正確——不正確／不正確

確か／準確——不確か／不準確

看一看它們的用法：

○そんなことは不可能ではない。／也不是不可能的。

○そんなことは可能だ。／那是有可能的。

上面兩個句子意思相同。

○彼が言ったのは不確かではない。／他說的不無可能。

○彼が言ったのは確かだ。／他說的是有可能的。

上述兩個句子意思完全相同。

但是在日語的形容詞、形容動詞中間，這樣矛盾概念的反義詞是很少有的，除了上述幾個或以不…構成的反義詞之外，基本上是不存在的。

2 反對概念的反義詞

如前所述，日語形容詞、形容動詞矛盾概念的反義詞是極少的，因此在講到形容詞、形容動詞的反義詞時，一般是指反對概念的反義詞。如前面所舉出的：

広(ひろ)い／寬敞——狭(せま)い／狹窄

遠(とお)い／遠——近(ちか)い／近

它們都屬於反對概念的反義詞，下面所提到的反義詞也是這種反義詞。

③ 構成形容詞、形容動詞反義詞的條件

兩個或兩個以上的單詞，在下列情況下才可能是反義詞。

1 反義詞除個別的情況外，必須同是形容詞、形容動詞。也可以一個是形容詞，一個是形容動詞。例如：

重(おも)い／沉、重——軽(かる)い／輕

長(なが)い／長——短(みじか)い／短

簡単(かんたん)／簡單——複雑(ふくざつ)／複雜

上手(じょうず)／好——下手(へた)／不好

寂(さび)しい／寂寞——賑(にぎ)やか／熱鬧

忙(いそが)しい／忙——暇(ひま)／閒、有時間

汚(きたな)い／髒——綺麗(きれい)／乾淨

但是有些反義詞，有時一個是形容詞、一個是動詞等等，由於它們比較常用，一般學者也認定他們是反義詞。例如：

ない／無——ある／有

正(ただ)しい／正確——間違(まちが)い／錯誤

若(わか)い／年輕——年寄(としよ)り／年老

貧(まず)しい／窮——富(と)む／富

例句：

1ない——ある

○お金(かね)がありますか／有錢嗎？

○いや、ない。／不，沒有

2 正しい——間違い

○これは正しい答えですか。／這是正確的答案嗎？

○いいえ、これは正しい答えではありません。

不，那不是對的答案。

2 兩個或兩個以上的單字必須是同一語體，結尾是常體單字必須都是常體，不能一個是常體，另一個是敬體。也不能一個是日常用語，另一個是俗語或雅語單字。例如：

濃い／濃——薄い／淡

速い／快——遅い／慢

安全／安全——危ない／危險

上述單詞都是常體單詞，因此可以構成反義詞。但下面的單字，則構不成反義詞。

×濃い——淡い

×速い——鈍い

×安全——やばい

之所以不構成反義詞，是因為濃い、速い、安全是一般的單字；而淡い是雅語；鈍い是含有貶義的形容詞，而やばい則是隱語。

3 使用範圍絕大部分一致。例如：

○おいしい食事・ご飯・魚・酒・たばこ

好吃的飯菜・好吃的飯・好吃的魚・好喝的酒・好抽的菸

○まずい食事・ご飯・魚・酒・たばこ

難吃的飯菜・難吃的飯・難吃的魚・難喝的酒・難抽的菸

但也有一些反義詞，它們的使用範圍不同，這就需要我們逐個進行分析、研究，才能準確地掌握。

2 簡單的反義詞與複雜的反義詞

1 簡單的反義詞

這種反義詞一般是意義相反的兩個詞。例如：

重い／重——軽い／輕

長い／長——短い／短

多い／多——少ない／少

大きい／大——小さい／小

深い／深——浅い／淺

簡単／簡單——複雑／複雜

上手／好——下手／不好

便利／便利——不便／不便

静か／安靜——賑やか／熱鬧

這樣的反義詞還有許多，不再一一列舉。

2 較複雜的反義詞

一般是由兩個以上的形容詞、形容動詞組成，因此關係就變得複雜起來。下面看一看這類常用的反義詞。

(一) 暑い —— 寒い／冷たい

暑い①寫作暑い表示**氣候炎熱**的**熱**，這時它的反義詞是寒い（冷）；②寫作熱い表示東西**涼熱**的**熱**，這時它的反義詞則是冷たい（涼）。例如：

1 暑い／熱——寒い／冷

○暑い夏・日・風／炎夏・熱天・熱風

○寒い冬・日・風／嚴冬・冷天・冷風。

○暑い時には水泳をします。／天熱的時候游泳。

○寒い時にはスケートをします。／天冷的時候溜冰。

2 熱い／熱——冷たい／涼

○熱いみそ汁・料理／熱的味噌湯・熱菜

○冷たいみそ汁・料理／涼了的味噌湯・涼了的菜

○私は体が熱い。／我的身體很熱。

○彼は手が冷たい。／他的手很冰涼。

(二) 高い ［低い／安い］

高い①表示**高低**的**高**，這時候它的反義詞是低い；②表示商品貴賤的**貴**，它的反義詞是**安**い（廉價、便宜）。例如：

1 高い／高的——低い／低的

○高い山／高山

○低い丘／低低的山丘

○背が高い／個子高

○背が低い／個子矮

2 高い／貴——安い／廉價、便宜

○あのテレビが高い／那個電視機很貴。

○このテレビが安い／這個電視機很便宜。

○値段の高いオーバー／價錢很貴的大衣。

○値段の安い背広／價錢便宜的西裝。

(三) 薄い ┌ 厚い └ 濃い

薄い①表示薄厚的薄，它的反義詞是厚い（厚）；②表示濃淡的淡，它的反義詞是濃い（濃）。例如：

1 薄い／薄——厚い／厚

○薄い板・ガラス・氷・蒲団・紙／薄板・薄玻璃・薄冰・薄被・薄紙

○厚い板・ガラス・氷・蒲団・紙／厚板・厚玻璃・厚冰・厚被・厚紙
○この辞書は薄い紙を使ってある。／這本字典使用的是薄紙。
○この封筒は厚い紙が使ってある。／這個信封用的是厚紙。

2 薄い／淡的、淺的——濃い／濃的、深的

○色が少し薄い。／色有些淺。
○色が少し濃い。／顏色有點深。
○薄いお茶をください。／給我一杯淡一點的茶。
○濃いコーヒーをください。／給我一杯濃咖啡。

(四) 粗い——細かい 滑らか

粗い①表示顆粒、結晶、砂子、網眼、格子等**粗**、**大**；也表示工藝、工藝品的**粗糙**、**不細緻**，這時它的反義詞是**細かい**（細小的、細膩的）；②表示皮膚、牆壁等**粗**、**粗糙**，這時它的反義詞是**滑らか**（光滑、細緻）。例如：

1 粗い／粗、大——細かい／細小、細膩、小的

○粗い網・格子／大格的網・大的方格

○細かい網・格子／小格的網・小的方格

○粗い細工／粗糙的工藝品

○細かい細工／細膩的工藝品

2 粗い／粗糙——滑らか／光滑、細緻

○粗い肌／粗糙的皮膚

○滑らかな肌／光滑細緻的皮膚

○粗い壁／粗糙的牆壁

○滑らかな壁／光滑的牆壁

3 反義詞用法的異同

從相對立的使用範圍或語法關係來看，有的反義詞中的兩個詞、三個詞使用範圍或語法關係相同，有的兩個詞則不同。下面看一看它們具體的使用情況。

1 用法基本相同的反義詞

所謂用法基本相同，指的是使用範圍或語法關係基本相同。例如：

1 明るい／亮；明朗；通曉，熟悉——暗い／暗、黑；黯淡；不熟悉

○外は明るい。／外面很亮。

○部屋の中は暗い。／屋子裡面很黑。

○日が出て明るくなった。／出太陽整個都亮了起來。

○日が落ちて暗くなった。／太陽下山，天就黑了起來。
○明るい気持ち／愉快的心情。
○暗い気持／黯淡的心情。
○Cは日本の歴史に明るい／C很熟悉日本的歴史。
○Dは日本の歴史に暗い／D不太了解日本的歴史。
上述明るい、暗い兩個詞用法基本相同。

2 簡単／簡單——複雑／複雜

○それは簡単。／那很簡單。
○あれは複雑。／那很複雜。
○それは簡単な問題だ。／那是個簡單的問題。
○あれは複雑な問題だ。／那是個複雜的問題。
○これで問題も簡単になった。／這樣一來，問題就簡單了。
○これで問題も複雑になった。／這樣一來，問題就複雜起來了。
○あんなに複雑に説明しなくてもいいでしょう。／也可以不用說得那麼複雜吧。

○簡単に説明してください。／請簡單說明一下！

在日語裡這樣用法基本相同的反義詞是比較多的。一般的反義詞多是可以這樣相對應使用。

2 用法不同的反義詞

所謂用法不同，它包括兩種含義：①對立的兩個詞使用範圍不同；②使用對立的兩個詞時，它們的語法關係不同。因此我們在學習、掌握這類單字時，就有必要搞清楚它們的用法，而不能理所當然地類推，否則便會出現意想不到的錯誤。

兩個詞在大部分情況下，可對應使用。例如：

○荷物が重い。／行李很重。　○荷物が軽い。／行李很輕。

○重い病気／重病。　○軽い病気／小病。

但下面這種情況下，只能使用其中之一。

○重病／重病

×軽病　這時只能用**軽い病気**。

1 悲(かな)しい／悲哀，悲傷——嬉(うれ)しい／高興

兩個詞在大部分情況下，可對應使用。例如：

○父(ちち)が死(し)んで悲(かな)しい。／父親去世了，我很難過。

○父(ちち)の病気(びょうき)が治(なお)って嬉(なお)しい。／父親的病好了，我很高興。

○その悲(かな)しい知(し)らせを聞(き)いてびっくりした。

聽到那悲傷的消息，我吃了一驚。

○その嬉(うれ)しい知(し)らせを聞(き)いて飛(と)び上(あ)がるほど喜(よろこ)んだ。

聽到那可喜的消息，我高興得跳了起來。

但在下面這種情況下，只能使用其中之一。

○この音楽(おんがく)は悲(かな)しい。／這個音樂很悲傷。

×この音楽(おんがく)が嬉(うれ)しい。

○悲(かな)しい曲(きょく)／悲傷的曲子

×嬉(うれ)しい曲(きょく)

2 難(むずか)しい／難——易(やさ)しい／容易

兩個詞在大部分情況下，可對應使用。

○それは難しい／那很難。　○それは易しい／那很容易。

○難しい本／難懂的書。　○易しい本／易懂的書

○難しい手術／難做的手術　○易しい手術／簡單的小手術

但作連體修飾語來用時，有時只能用**難しい**，而不能用**易しい**。例如：

○難しい病気・政治情勢・事態／難治的病・艱困的政治形勢・困難的事態

×易しい病気・政治情勢・事態

3 良い／好的——悪い／壞的

兩個詞在大部分情況下、可對應使用。

○頭が良い。／腦筋好、聰明。

○頭が悪い。／腦筋不好、笨。

○その薬は胃に良い。／那種藥對胃很好。

○その薬は胃に悪い。／那種藥對胃不好。

○良い考え・行い・態度／好的想法・好的行為・好的態度

○悪い考え・行い・態度／壞的想法・壞的行為・壞的態度

但有些慣用型只能用**良い**（いい），而不能用**悪い**。例如：

○早く行ったほうがいい。／快點去好。

×遅く行ったほうが悪い。

○間に合って良かった。／來得及就好。

×間に合わなくて悪かった。

4 若い／年輕——年寄り／年老

在表示人年輕、年老時，可對應使用。

○彼はまだ若い。／他還年輕。

○彼はもう年寄りだ／他已經老了。

○あれは若い社長だ／那是一位年輕的社長。

○あれは年寄りの教授だ／那是一位年老的教授。

若い還可以用來表示植物的**嫩**，也可以用於抽象比喻。但**年取る**則不能用於這方面。

例如：

○若(わか)い、柔(やわら)かい葉(は)／柔軟的嫩葉。

×年寄(としよ)りの堅(かた)い葉(は)。

○若(わか)い芽(め)が出(で)た。／冒出了嫩芽。

×年寄(としよ)りの芽(め)が伸(の)びた。

○それは若(わか)い科学(かがく)だ／那是一門新興科學。

×年寄(としよ)りの科学(かがく)だ。

5 便利(べんり)／便利、方便——不便(ふべん)／不便、不方便

○交通(こうつう)が便利(べんり)だ。／交通方便。

○交通(こうつう)が不便(ふべん)だ／交通不方便。

○買物(かいもの)は便利(べんり)だ。／買東西很方便。

○買物(かいもの)は不便(ふべん)だ。／買東西很不方便。

○それは便利(べんり)な所(ところ)だ。／那是個非常方便的地方。

○それは不便(ふべん)な所(ところ)だ。／那是個不方便的地方。

○便利(べんり)を感(かん)じる。／感到方便。

○不便(ふべん)を感(かん)じる。／感到不方便。

但在下面這種情況下，只能使用其中之一。

○便利がいい。／方便的好。

×不便が悪い。

7 鋭い／①銳利、鋒利、快②（動作）敏捷、（思維）敏銳 —— **鈍い**／①鈍、慢②（動作、思維）遲鈍

(一) 在表示刀銳不銳利時，可對應使用。例如：

○鋭い刀・包丁・ナイフ／利的刀・利的菜刀・利的小刀

○鈍い刀・包丁・ナイフ／鈍刀・不快的菜刀・不快的小刀

但下面這種情況下，只能用鋭い，而不能用鈍い。

○鋭いガラスの破片。／鋒利的玻璃碎片

×鈍いガラスの破片。

在表示動作敏捷與否、思維、看法敏銳與否時，兩個詞可對應使用。例如：

○頭が鋭い。／腦筋動得快。

○頭が鈍い。／腦袋不靈光。

但在下面這種情況下，只能用鋭い，而不能用鈍い。例如：

○観察が鋭い。／観察敏鋭。

×観察が鈍い。

○鋭い批評／尖鋭的批評。

×鈍い批評

(二) 語法關係不同的反義詞

這一類反義詞有的只能作句子的某一部分，而不能作另一部分成分；有的是使用的助詞不同。

1 新しい／新的——古い／舊的

在作連體修飾語或作述語來用時，兩個詞可對應使用。例如：

○新しい本・建物・町・都会／新書・新建築・新城市・新都市

○古い本・建物・町・都会／舊書・舊建築・舊城市・舊都市

○新しい考え・見方・政策・方法・技術

新的方法・新的看法・新政策・新方法・新技術

○古(ふる)い考(かんが)え・見方(みかた)・政策(せいさく)・方法(ほうほう)・技術(ぎじゅつ)

舊的想法・舊的看法・舊政策・舊方法・舊技術

○この靴(くつ)は新(あたら)しいからまだ履(は)けます。／這雙鞋很新，還能繼續穿。

○この靴(くつ)はもう古(ふる)いから捨(す)てようと思(おも)っています／這雙鞋已經舊了，我想扔掉。

但作為連體修飾語來用時，只能用**新**(あたら)しく，而不能用**古**(ふる)く。例如：

○これは新(あたら)しくあつらえた服(ふく)だ。／這是新做的衣服。

×あれは古(ふる)くあつらえた服(ふく)だ。

○彼(かれ)は新(あたら)しく入(はい)ってきた学生(がくせい)だ。／他是剛入學的新生。

×彼(かれ)は古(ふる)く来(き)た学生(がくせい)だ。

另外**古**(ふる)く可做名詞用，表示古時、從前，而**新**(あたら)しい不能作名詞用。例如：

○それは古(ふる)くから伝(つた)えられてきた風俗(ふうぞく)だ。／那是自古流傳下來的風俗。

2 忙(いそが)しい／忙——暇(ひま)／閒、有空暇、有工夫

作述語或作連體修飾語時，二詞可對應使用。

○彼(かれ)は出掛(でか)ける前(まえ)で、忙(いそが)しい。／他出發前很忙。

○彼は帰ってきたばかりで暇だ。／他剛回來，有的是時間。

○忙しい時だから、何処へも行けない。／因為很忙，哪兒也不能去。

○暇な時だから、一緒に行こう。／剛好有空閒時間，我們一起去吧！

但作為連用修飾語來用時，一般只能用**忙しくて**，而不能用**暇に**。例如：

○何時行って見ても、みんな忙しく働いている。

　無論什麼時候去看，大家都在忙著工作。

×彼の所へ行って見ても、暇に働いている。

3 乏しい／缺乏、貧困——豊か／豊富

兩個詞雖是反義詞，但助詞的使用上，有時相同，有時不同。

兩個詞都可以用AはBが~句式

○この島は水が乏しい。／這個島上很缺水。

○この島は水が豊かだ。／這個島上水源豐富。

○彼は経験が乏しい。／他缺乏經驗。

○彼は経験が豊かだ。／他經驗豐富。

但乏しい還可以用AはBに乏しい的句型，豊か則不能用AはBに豊かだ的句型。例如：

○A国は資源に乏しい。／A國缺乏資源。

×Bは資源に豊かだ。

最後一句用資源に豊かだ是不通的，要用資源が豊かだ。

4 近い／近――遠い／遠

這一對立的反義詞，有時可以對應使用；有時由於語法關係、使用範圍的不同，不能對應使用。

在用AはBから～句型時，兩個詞可對應使用。

○私の家は学校から近い。／我家離學校近。

○彼の家は学校から遠い。／他家離學校遠。

但下面一些情況下，只能用近い而不能用遠い。

可以用AはBに近い句型，而不能用AはBに遠い句型。例如：

○私の家は商店街に近い。／我家離商店街近。

×彼の家は商店街に遠い。

這時則要用：

○彼の家は商店街から遠い。／他家離商店街很遠。

另一方面使用範圍不同。在表示**離某一時間遠近**等，可以用～に近い，而不用～に遠い。例如：

○もう定年に近い。／離退休時間近了。

×定年にはまだ遠い。這時要用

○定年にはまだ程遠い。／離退休還有一段時間。

○その仕事はもう完成に近い。／那件工作已接近完成。

×その仕事はまだ完成に遠い。這時要用：

○その仕事はまだ完成にほど遠い。／那件工作離完成還相當遠。

在表示**接近**、**近似**時，只能用～に近い，而沒有～に遠い、～から遠い的說法。

○彼は天才に近い人だ。／他是近乎天才的人。

×彼は天才に遠い人だ。

○チンパンジーは人間に近い。／黑猩猩很接近人類。

×その種類の猿は人間に遠い。

（五）まずい ┌ おいしい └ うまい

1「まずい」與「おいしい」是一組反義詞，表示東西「好吃」、「不好吃」；

2「まずい」與「うまい」也是一組反義詞，但它們有兩種含義：一與「まずい」、「おいしい」的關係相同，表示某種東西「好吃」、「不好吃」；二表示某種技術「好」、「壞」與「高明」、「笨拙」。例如：

1まずい／不好吃——おいしい／好吃

○うどんはまずい。／烏龍麵不好吃。

○すき焼きはおいしい。／壽喜燒好吃。

2まずい／不好吃、不好喝——うまい／好吃、好喝

○この菓子はまずい／那個點心不好吃。

○この菓子はうまい。／這個點心好吃。

○うまい酒／好喝的酒

○まずい酒／難喝的酒

3まずい／不好，不高明，笨拙——うまい／好，高明

○字がまずい。／字寫得不好。

○字がうまい。／字寫得好。

○まずい文章／彆腳的文章。

○うまい文章／好文章。

但まずい與うまい的使用範圍並不完全相同，語法關係也不盡相同。例如：

○まずい薬／難吃的藥

×うまい薬

×まずい仕事口

○うまい仕事口／好的工作

另外うまい可以用うまく作副詞用，但まずく不能作副詞用。例如：

○何をやらせてもうまくできない。／無論讓他做什麼，他都做不好。

×何をやらせてもまずくできる。

○彼は日本語をうまく話す。／他的日語講得很好。

×彼はまずく日本語を話す

○今度はうまく行った。／這次進行得很順利。

×今度はまずく行った。

至於うまい有兩種含義，因而就會出現下面這樣句子構造大致相同，而意義不同的句子。例如：

○彼の料理はうまい。／他做的菜很好吃。

○彼は料理がうまい。／他很會做菜。

這兩個句子裡的うまい含義不同，因此儘管句子構造相似，但兩者含義完全不同。前一句的うまい表示料理的屬性好吃；而後一句的うまい表示做菜的技術高明，因此譯作了**他很會做菜**。

以上只是作為例句，舉出少數幾個反義詞進行了簡單的說明，類似的反義詞還有很多，因此在使用時必須搞清楚它們的使用範圍和語法關係。

結語

寫到這裡將日語的形容詞、形容動詞介紹完畢。

本書是以語法為中心有關形容詞、形容動詞的參考書，因此對日語傳統語法內容作了詳盡的說明；同時對日語言學界有關形容詞、形容動詞的學說（如感情形容詞、屬性形容詞、評價形容詞）也做了一定的介紹，這些學說對我們掌握形容詞、形容動詞是很有幫助的。

另外本書在介紹語法的同時，就一些比較常用、有特色的形容詞、形容動詞單字，重點地列出詞彙進行說明，這樣讀者既會加深對語法的理解，同時也可以更容易掌握詞彙。

另一點在這裡要說明的是：在日語的形容詞、形容動詞中，還有一些文語形容詞、形容動詞，如**なり活用形容動詞**、**たり活用**（**也稱たると活用**）這些形容詞、形容動詞在現代日常生活中使用的情況較少，因此本書沒有對他們做詳細的說明，這點還請讀者諒解。

索引

本索引收錄書中列出例句作過說明的形容詞、形容動詞，且按日語五十音即あ、い、う、え、お順序編排，方便讀者快速查閱。

【き】

【く】

【け】

【こ】

【お】

【か】

メモ

基礎日本語形容詞.形容動詞(大字清晰版) /
趙福泉著. -- 初版. -- 臺北市：笛藤,
2021.04
面； 公分
ISBN 978-957-710-816-6(平裝)

1.日語 2.形容詞 3.動詞

803.164 110005525

2021年4月22日 初版第1刷 定價320元

著者	趙福泉
編輯	詹雅惠・洪儀庭
封面設計	王舒玗
總編輯	賴巧凌
編輯企畫	笛藤出版
發行所	八方出版股份有限公司
發行人	林建仲
地址	台北市中山區長安東路二段171號3樓3室
電話	(02) 2777-3682
傳真	(02) 2777-3672
總經銷	聯合發行股份有限公司
地址	新北市新店區寶橋路235巷6弄6號2樓
電話	(02)2917-8022・(02)2917-8042
製版廠	造極彩色印刷製版股份有限公司
地址	新北市中和區中山路二段380巷7號1樓
電話	(02)2240-0333・(02)2248-3904
印刷廠	皇甫彩藝印刷股份有限公司
地址	新北市中和區中正路988巷10號
電話	(02)3234-5871
郵撥帳戶	八方出版股份有限公司
郵撥帳號	19809050

●版權所有，請勿翻印●
© Dee Ten Publishing
Printed in Taiwan.
(本書裝訂如有漏印、缺頁、破損，請寄回更換。)